हिन्द पॉकेट बुक्स

पुराना नौकर

मई 1876 में इवान त्वैंकर का जन्म स्लोवानिया के एक गांव में हुआ था। आपने युवा अवस्था की दहलीज पर कदम रखते ही कविता लिखना शुरू किया और आपकी भाषा शैली और कविता में नए प्रयोग से लोग चौंक उठे थे। आपकी मृत्यु दिसंबर 1918 में हुई, लेकिन सौ साल बाद भी लोग आपके साहित्य के दीवाने हैं। आपकी कविता, कहानियां और उपन्यास लोगों के करीब हैं, वे उनके दिलों में बसी हुई हैं और उन्हें आपका लेखन अपना स्वयं का लिखा हुआ महसूस होता है।

पुराना नौकर

पूर्व युगोस्लाविया के स्लोवीन साहित्य के अमर रचनाकार के उपन्यास
बैलिफ़ यर्नें एण्ड हिज़ जस्टिस का हिन्दी अनुवाद

इवान त्चैंकर

हिन्द पॉकेट बुक्स
पेंगुइन रैंडम हाउस इम्प्रिंट

हिन्द पॉकेट बुक्स

यूएसए | कनाडा | यूके | आयरलैंड | ऑस्ट्रेलिया | सिंगापुर
न्यू ज़ीलैंड | भारत | दक्षिण अफ्रीका | चीन

हिन्द पॉकेट बुक्स, पेंगुइन रैंडम हाउस ग्रुप ऑफ़ कम्पनीज़ का हिस्सा है,
जिसका पता global.penguinrandomhouse.com पर मिलेगा

पेंगुइन रैंडम हाउस इंडिया प्रा. लि.,
चौथी मंजिल, कैपिटल टावर -1, एम जी रोड,
गुड़गांव-122002, हरियाणा, भारत

पेंगुइन
रैंडम हाउस
इंडिया

प्रथम संस्करण हिन्द पॉकेट बुक्स द्वारा 1996 में प्रकाशित
यह संस्करण हिन्द पॉकेट बुक्स में पेंगुइन रैंडम हाउस द्वारा 2022 में प्रकाशित

10 9 8 7 6 5 4 3 2

ISBN 9789353492328
मुद्रकः रेप्रो इंडिया लिमिटेड

www.penguin.co.in

FSC www.fsc.org MIX Paper from responsible sources FSC® C047271

This is a legitimate digitally printed version of the book and therefore might not have certain extra finishing on the cover.

पुराना नौकर

एक

यह अन्याय और शोकपूर्ण घटना जैसे घटित हुई उसकी सच्ची कहानी मैं आपको ज्यों की त्यों सुना रहा हूं। इसमें न तो कोई झूठी बात है और न कोई अदल-बदल ही की गई है।

बेताइनोवा के निवासियों ने भयभीत होकर जड़वत् अपने सर झुका लिए। एक रहस्यमयी छाया, काले प्रेत की भांति, पहाड़ी पर उठी और उसने सारी घाटी को ढक लिया, उसका मस्तक श्यामल मेघ, उसके पैर घाटी में चिनार के विशाल वृक्ष और उसके कन्धे पर एक चमकदार हंसिया था, जिसकी आभा ल्युबलियाना तक फैल गई थी।

बूढ़ा शीतार अभी-अभी दफनाया गया है। भगवान करे वह स्वर्ग पहुंचे। वह रईस था। शोकसूचक घंटियों का स्वर थम गया था, पादरी ने भी अपना लबादा, जिसे उसने अंत्येष्टि-क्रिया कराने के समय धारण

किया था, उतार दिया और शव के साथ जो लोग आए थे, वे भी जा चुके थे। सभी स्त्रीनार सराय में एक लम्बी मेज पर जा बैठे। सभी शोक-सूचक वस्त्र पहने, गंभीर और विचार-मग्न! महिलाओं की आंखों के आंसू अभी सूखे नहीं थे। बूढ़ा नौकर बार्थोलोम्यू, जिसका कद लम्बा और बाल पक गए थे, खिड़की के पासवाली मेज़ पर जा बैठा। उसने लाल रुमाल से आंखें पोंछी और गहरी सांस ली : "एक न एक दिन सबको मरना है, और अब तो मेरी ही बारी है।"

नया मालिक, बूढ़े शीतार का बेटा, बोल उठा : "वाह यर्ने, तुम तो वहां आराम से ऐसे जा बैठे मानो तुम्हीं मालिक हो। उत्तराधिकारी कौन है, तुम या मैं? यों ही सबसे पहले तुम्हीं बोल उठे, हालांकि तुम यहां के अगुवा नहीं और न तुम्हारा नम्बर ही पहला है।"

यर्ने मुस्कराया और उसकी ओर देखता रह गया।

"तुम सदा के शरारती हो, टौनी, और आगे भी शरारती बने रहोगे। इसीलिए तुम दुःख में न डूबो, यही उचित है। आंसू स्त्रियों के लिए, और मदिरा पुरुषों के लिए है।"

वह शराब से भरा गिलास मुंह तक ले गया, पर औरों ने उसका साथ न दिया।

इससे पूर्व कि उसके होठ लबरेज गिलास का स्पर्श करते, यर्ने ने गिलास वापस मेज़ पर रख दिया। अवाक् उसने मालिक और उसके परिवार के लोगों को देखा, पर वहां सभी के चेहरे विकृत, भावशून्य और ग़मगीन थे।

"क्या बात है?"

सबकी आंखें मौन थीं और कोई बोल नहीं रहा था। यर्ने सिहर उठा, मानो उसके हृदय को कोई गहरी ठेस पहुंची हो।

"आख़िर माजरा क्या है? क्या मैं कंजरों या मवेशियों के सौदागरों के बीच हूं जो सभी गुमसुम मेरी ओर ताक रहे हो? (मैं किसी परिवार में हूं या ऐसे बदमाशों के बीच, जो मुझे फंसाने के लिए

जाल रच रहे हैं?)"

"नौकर", शीतार बोल उठा, "गाली मत बको! शराब पी नहीं, मतवाले पहले ही हो गए।"

यर्ने ने चारों ओर नज़र दौड़ाई, तीन बार, एक-एक चेहरे को देखा, और फिर गिलास की शराब वापस बोतल में डाल दी। वह शराब धीरे-धीरे उड़ेल रहा था। उसके हाथ कांप रहे थे। वह उठ खड़ा हुआ। सर से टोपी उतार ली। उसे दोनों हाथों से पकड़े रहा। मेज़ के पीछे खड़ा था वह, झुका हुआ लम्बा कद, इतना लम्बा कि उसके पके बाल छत की काली कड़ियों को छूते से प्रतीत हो रहे थे। यर्ने खड़ा था, धूप से झुलसा झुर्रियोंदार चेहरा, दाढ़ी भी ढंग से नहीं बनी थी। घनी भौंहों के नीचे उसकी तेज़ आंखें चमक रही थीं।

"मालिक और मेरे अन्य दोस्तो, जो सब मालिक के ही परिवार के हैं, आप में से किसी को भी यह शोभा नहीं देता कि क्रिया-कर्म के मौके पर मुझे शराब का एक घूंट पीने से भी वंचित करे। भगवान आपको सलामत रखे, आपकी दावत से मुझको कोई शिकायत नहीं। अगर आपने नया नियम बनाया है तो मैं उसका पालन करूंगा। जवानों को रोटी, बूढ़ों को पत्थर, तन्दुरुस्तों को मछली, अस्वस्थों को सांप, समर्थों को अंडे और असमर्थों को बिच्छु...जिसे मालिक ने बनाया हो उसे बिगाड़ना नौकर का काम नहीं।"

शीतार गुस्से से तमक उठा।

"यर्ने, हमें तुम्हारे उपदेशों की ज़रूरत नहीं," उसने कहा, "अगर तुम शराब नहीं चाहते तो न सही, ठीक है। ईश्वर तुम्हें भी देखेगा।"

"यर्ने, तुम समझ रहे हो मानो मालिक के भी मालिक हो," उसकी स्त्री बोली।

"जिस घर में नौकर चिमनी के कोने पर चढ़ कर बैठे और अपने जूते मालिक की पीठ में पोंछे तो समझ लो कि उस घर में ही कुछ ख़राबी है।'' शीतार की सास बोली।

“जहां रास नौकर के हाथ हो और गाड़ी मालिक खींचे तो बस समझ लो कि गाड़ी आगे चलने के बजाय पीछे को ही ढुलकेगी।” साला बोला।

“नौकर छाया में बैठे और मालिक हल चलाए तो बस समझ लो कि खेती चौपट हुई।” पड़ोसी बोला।

जब सभी अपनी-अपनी कह चुके तो यर्नें ने एक बार फिर अपना सर झुका लिया।

“आप सबने समझदारी की बातें कहीं, आपकी कोई बात न्याय-विरुद्ध नहीं। भगवान आपकी दावत मुबारक रखे। मुझे सुमति दे और मेरे पापों का परिष्कार करे।”

यर्नें ने इतनी बात कही... इतना कह कर उसने देहली के बाहर पच् से थूक दिया और चलता बना।

दो

मैदानों को पार करता हुआ वह एक नाले के किनारे से गुज़रते हुए टेढ़े-मेढ़े रास्ते पर बढ़ा चला जा रहा था। नाले का पानी प्रायः सूखते-सूखते कुछ दूर जाकर सफ़ेद रेती में खो गया था। मई के दिन थे, बेहद गर्मी थी, पत्ता तक न हिलता था। पर दूर, काफ़ी दूर, हरियाली से ढके पहाड़ों के पीछे आसमान का रंग बदल रहा था। मैदानों में, चरागाहों में, पूर्ण निस्तब्धता थी। प्रकृति जैसे विनाश की आशंका से शंकित सांस रोके खड़ी थी।

दूर ढलान के नीचे यर्ने ने जब उस सफ़ेद मकान को देखा—हरी खिड़कियां, छप्पर, खलिहान और खत्ती—तब उसका हृदय भर आया। मिट्टी के कण-कण पर उसके परिश्रमी हाथों की छाप, उसके पसीने की बूंदों के चिह्न अंकित थे। मनुष्य साल, दस साल, चालीस साल

तक एक मकान में रहता है, स्वाभाविक है कि उस मकान से उसे स्नेह हो जाता है, वह उस घर को अपना भाई समझने लगता है और दोनों एक प्रेम-डोर में बंध जाते हैं। किन्तु; यदि किसी कटु आदेश को मान कर उसी व्यक्ति को किसी दूर स्थान को जाना पड़े तो वह रोएगा उस घर के लिए—भाई के बिछोह से भी अधिक, शायद उससे भी ज़्यादा जितना कि एक बार वह अपनी मां के लिए रोया था।

यर्ने को लगा मानो आज वे हरी खिड़कियां उसे चिरपरिचित संकेतों से आमंत्रित नहीं कर रहीं, और जैसे उस मकान पर, उस समूचे सफ़ेद मकान पर वैधव्य का शोक छा गया है।

शोक एक ऐसा बीज है जो हज़ार गुना बढ़ता है। यह बीज हृदयरूपी धरती पर पड़ते ही इतनी तेज़ी से उगता और फैलता है कि समूचे हृदय को ढक लेता है, ऐसा घोंटता है कि फिर आशा की लता

पनप नहीं पाती। यर्ने का हृदय चोट खाकर भारी हो गया, बहुत भारी, महान् शोकातुर!

जिसने दुःख कभी नहीं देखा, न अपनी जवानी में और न अपनी ढलती उम्र में, उस बूढ़े को आख़िर तुमने चोट क्यों पहुंचाई? मालिक, क्या मिला तुमको? आख़िर तुमने अपमान क्यों किया, क्यों कोशिश की बुढ़ापे में चोट पहुंचाने की?

यर्ने घर नहीं गया, उसने खेतों की ओर भी नहीं देखा, सीधा खलिहान पहुंचा, पुआल पर लेट रहा और सोच-विचार में डूब गया। उसके मन में नाना प्रकार के तर्क-वितर्क उठने लगे।

मुझे यहां आए हुए चालीस वर्ष पूरे हो रहे हैं। चालीस साल पहले मैंने इस घर की दहलीज के भीतर क़दम रखा था। तब घर की दशा बड़ी दयनीय थी, इतनी कि मालिक और नौकर दोनों को ही उस पर शर्म आती थी। परन्तु हमने पसीना बहाया और मकान बनाया, ऐसा जिस पर अब मर्दों को गर्व है और जहां रहकर औरतें ख़ुश हैं। पर इसे बनाया किसने? सभी मर गए, खत्म हो गए, अकेला मैं बाक़ी हूं। मैं, आख़िरी मालिक! हमारा घर दूर-दूर तक फैले उपजाऊ खेतों से नज़र आता है। पर उन खेतों को किसने तैयार किया? किसने उनका विकास किया? सभी चले गए, अकेला मैं बचा हूं—मैं अन्तिम हलवाहा, अन्तिम कटवाह! कितनी अजीब बात है। चालीस साल से सेब के दरख़्त, जो बगीचे की शान हैं, जिन पर मालिक को गर्व है, फूलते फलते आ रहे हैं... पर सहसा एक अजनबी आता है, चाहता है कि उन पेड़ों को उजाड़ कर उन्हें दुबारा चट्टानों पर रोपे। कितनी अजीब बात है। एक आदमी ने चालीस साल तक मेहनत की है, घर बनाया है, खेत और चरागाह उपजाऊ बनाए हैं और यह सब ख़ून-पसीने से!... पर जब घर बन गया, जब खेत और चरागाह लहलहा उठे, तब एक अजनबी आता है... कहां से आया है वह? और कहता है, यहां के मालिक-मुखिया तुम नहीं, और उसको खलिहान की ओर

भगा कर ख़ुद चिमनी के पास बैठ कर अपना हुक्का गुड़गुड़ाता है !

इस प्रकार यर्ने सोच रहा था... वह उठा, कोट में चिपके पुआल के तिनकों को हाथ से साफ़ किया और घर के भीतर चला गया। घर के भीतर जाकर उसने कोट उतारा और चूल्हे के पास बैठकर अपनी चिलम भरने लगा। उसका दुःख सहसा विलीन हो चुका था। वह मुसकराया, घनी भौंहों के नीचे छिपी उसकी आंखें चमक उठीं।

नौकरानी भीतर आई।

"अरे, यर्ने, बड़ी बेफिक्री से बैठे हो, बाहर तो देखो, अभी दिन है, सभी खेतों पर हैं, और तुम आराम से चूल्हे पर चढ़े बैठे हो।"

यर्ने मुंह से चिलम हटाते हुए नौकरानी की ओर देख कर बोला, "भाग जा डाइन ! तू किस पर हुक्म चला रही है ?"

नौकरानी धड़ से दरवाज़ा बन्द करती हुई बाहर चली गई।

"इसे क्या हो गया है।" यर्ने को आश्चर्य हुआ।

संध्या का समय। आसमान में श्यामता धीरे-धीरे बढ़ रही थी। द्वार खुला। शीतार बाहर छप्पर के नीचे खड़ा था, उसके पैर डगमगा रहे थे और हैट एक ओर झुक गया था। यर्ने ने उसकी ओर देखा। उसकी दृष्टि में उतना सद्भाव न था।

"कौन है ?" शीतार ने आवाज़ दी।

यर्ने खामोश था।

"कौन आया है ?" शीतार ने फिर कहा।

यर्ने ने आहिस्ते से मुंह से चिलम हटाई और मुसकरा उठा। "अच्छा ! ऐसा लगता है कि पिता की अन्त्येष्टि के बाद तुमने ज़्यादा पी ली है। जाओ, सो जाओ।"

भारी डग बढ़ाता हुआ—मानो उसके हर पदचाप से फर्श हिल रही थी—शीतार कमरे में दाख़िल हुआ।

"किसे जाने को कह रहे हो, नौकर ? ज़्यादा शराब पी ली है क्या ?"

यर्ने अपनी जगह से ज़रा भी न हिला। वह वैसे ही शांत भाव से बातें करता रहा मानो खेती-बाड़ी की बाबत कोई चर्चा चल रही हो।

"तुमको! मैंने तुमको जाने को कहा। तुम्हें ज़ोर का नशा है।"

शीतार क्षण भर चुप रहा, लेकिन कुछ देर बाद उसका माथा ठनका, भौहें तन गईं, उसने अपना हैट फर्श पर फेंक दिया और चिल्लाया :

"चुप रह, नौकर! मैंने आज एक मालिक को नहीं दफ़नाया, बल्कि दो को। नीचे उतर।"

यर्ने हंसा और चूल्हे पर से धीरे-धीरे नीचे उतरने लगा, जैसे उसे ख़ुद कोई जल्दी न थी।

"तू उतरता है या नहीं?"

"मेरी जर्जर हड्डियों को बख्शो, टॉनी, चिमनी के कोने पर आराम करने की तुम्हारी भी बारी आएगी, मेरे दोस्त!" यर्ने ने हंसते हुए कहा।

कांपता और लड़खड़ाता हुआ शीतार आगे बढ़ा। चूल्हे पर चढ़ बैठा और तब सर घुमा कर पीछे यर्ने की ओर झुकते हुए बोला।

"मेरे जूते उतारो।"

यर्ने ने कोई जवाब न दिया। बेंच पर बैठे-बैठे वह अपनी बुझी चिलम को फिर सुलगाता रहा।

"मेरे जूते उतारो, मैं कहता हूं!"

"भला क्या तुम्हारी मखौलबाजी अभी पूरी नहीं हुई?" यर्ने ने धीरे से कहा, "मौत की दुर्गन्ध अब भी इस कमरे से आ रही है, बेहतर है कि तुम अब घुटने टेको और प्रार्थना करो।"

वह स्वयं उठा और क्रास पर चढ़े ईसामसीह की प्रतिमा के आगे घुटने टेक दिये। मालिक चौंधियाई आंखों से उसकी ओर देख रहा था। शीतार ने अपना पाइप सुलगाया, कमरे के पार थूक दिया, लेकिन जितनी देर यर्ने प्रार्थना में तल्लीन रहा, वह एक शब्द भी न बोला।

यर्ने उठा, उसकी नज़रें नीची थीं, उसने दरवाज़े की कुण्ड पकड़ी, मानो बाहर जाने वाला हो।

शीतार पुकार उठा।

"यर्ने!"

यर्ने रुका।

"मैं तुम्हें साफ़–साफ़ बता दूं, यर्ने," आवेश में शीतार के हाथ में पाइप कांप रहा था। "मैं तुम्हें बता देना चाहता हूं कि अब तुम किसी और मालिक की तलाश कर लो।"

यर्ने के मुख पर हंसी नाच उठी, उसकी आंखें उल्लास से चमक रही थीं।

"क्या?"

शीतार ने बेंच में जोर की ठोकर मारी।

"नौकर, क्या तू बहरा है? किसी और मालिक की तलाश कर ले, मैं कह रहा हूं। तूने मेरे घर पर बहुत मालिकाना रोब चलाया। लेकिन अब इस घर पर हुक्म चलाना छोड़ दे।"

ठीक उसी समय बिजली आसमान को चीरती चली गई और दूर—काफ़ी दूर ज़ोर की कड़कड़ाहट हुई। यर्ने ने हैट उतार दिया और हाथों से क्रास का चिह्न बनाया।

"भगवान आपत्तियों से बचाएं। पाप से डरो, नवयुवक! परमात्मा की, अपने कुलगुरु की शरण लो!"

यर्ने ने दरवाज़ा खोला और खलिहान की ओर चला गया। वह खलिहान में पुआल पर जा लेटा और शीघ्र ही सो गया। उसके दिल में कोई मलाल न था।

तीन

आंसुओं से भीगे मुखवाले बच्चे की तरफ़ तूफ़ानी रात के बाद प्रभात मुसकरा उठा।

यर्नें दहलीज़ से निकला, खलिहान के चारों ओर घूमा और खेतों की ओर ताकने लगा। ठीक उसी समय शीतार ने खिड़की खोली। उसका नींद से भरा भभराया चेहरा नज़र आया। सर के बाल बिखरे हुए थे। उसकी दृष्टि जीर्ण और जराग्रस्त यर्नें पर पड़ी, जो खेतों की ओर जा रहा था।

"कहां जा रहा है?"

यर्नें ने आहिस्ता से पीछे देखा।

"खेतों को देखने!"

"किसके खेतों को?"

"क्या ?"

"किसके खेतों को ?"

यर्ने खिलखिला उठा।

"लगता है तुम्हें पूरी तरह नींद नहीं आई। सर में अभी दर्द है तो जाओ सो रहो।"

"किसके खेतों को ?" मालिक ने फिर कहा और उसका चेहरा तमतमा उठा।

"अपने खेतों को।" झुकी कमर पर दोनों हाथ रखे यर्ने ने रास्ते में ही रुक कर उत्तर दिया।

"अपने खेतों से क्या मतलब ?"

यर्ने की भौंहों पर बल पड़ गए और उसका चेहरा लाल हो गया।

"इसका मतलब है, मेरे खेत !"

शीतार हक्का-बक्का, मुंह फैलाए, आंख फाड़े यर्ने को ताकता रहा।

"अरे बूढ़े, क्या तू पागल हो गया है ?"

यर्ने घूमा और धीरे-धीरे खेतों की ओर बढ़ने लगा। शीतार की दृष्टि उसी पर टिकी थी, उसने भी कपड़े पहने और घर से निकल पड़ा। वह दूसरे रास्ते से बढ़ रहा था जिससे नौकर से उसकी भेंट न हो। दोनों धीरे-धीरे चल रहे थे, दोनों के सर झुके हुए थे और नज़रें नीची थीं, फिर भी उन दोनों ने एक-दूसरे को देखा, ठीक उसी प्रकार जैसे कोई भयभीत व्यक्ति अपने मन में किसी आकृति की कल्पना करता है और ऐसा मान लेता है कि उसके पीछे कोई आहिस्ता-आहिस्ता चला आ रहा है।

यर्ने जब घर लौटा तो भोजन परोसा जा चुका था। उसकी सांस फूल रही थी। वह द्वार के पास रुका, भौंहें पोंछी और बड़े आश्चर्य से मालिक और उसके परिवारवालों को देखा। भोजन के समय यर्ने मेज़ के जिस किनारे पर बैठा करता था आज न तो वहां कुर्सी थी

और न चम्मच बगैरा ही रखे गए थे।

"तुमने मुझे क्यों नहीं बुलाया?"

"क्या पड़ोसियों ने तुझे बुलाया?" शीतार ने उत्तर दिया, और सभी ठहाका मार कर हंस पड़े।

"अरे नौकरो और नौकरानियो! तुम सब हंस क्यों रहे हो? मैं क्या हूं? कहीं इस घर में भांड़ों का लश्कर तो नहीं उतर आया?"

यर्ने अपने क्रोध को थामे हुए था, पर क्रोध और अप्रत्याशित शोक से उसका स्वर प्रकम्पित था।

शीतार की स्त्री बोल उठी। उसके स्वर में स्नेह नहीं, उपेक्षा थी, "क्या तूने कल रात नहीं सुना? मालिक ने तुझे बरखास्त कर दिया है... फिर भी यदि तू भूखा है..." उसने एक नौकर की ओर देखते हुए कहा, "इसके लिए एक चम्मच ला दो। हम तो किसी भिखमंगे को भी न दुत्कारें, फिर एक नौकर को, जिसने हमारे घर में काम किया हो, हमारे साथ खाना खाया हो!"

नौकरानी चम्मच ले आई और मेज़ पर गड़रिये की बगल में रख दिया।

"अब किसका इन्तज़ार है?" शीतार ने सर नीचा किए हुए बड़े कटु शब्दों में कहा, "हमने तेरे लिए चम्मच मंगवा दिया, क्योंकि तू भूखा है। भगवान तेरा भला करे। हम यह नहीं गिनने बैठे कि तूने कितने ग्रास लिए, लेकिन तेरी भूख यदि अब भी नहीं मिटी, तो चल भाग यहां से।"

यर्ने चुपचाप खड़ा उसकी ओर आंखें फाड़-फाड़ कर देख रहा था। शीतार ने अपना चम्मच फर्श पर फेंक दिया और उछल पड़ा।

"क्या चाहता है! क्या तू बहरा हो गया है, क्या तेरा दिमाग कुन्द हो गया है, या कि तू समझ करके भी नासमझ बन रहा है? मैंने कल रात को ही तुझसे नहीं कह दिया था कि किसी और के यहां नौकरी खोज ले! धरती बड़ी लम्बी-चौड़ी है और तेरे डग भी

लम्बे हैं। ख़ुदा का शुक्र! अब इस घर पर तुझे और हुक्म चलाने की ज़रूरत नहीं।"

यर्ने के पैर कांप रहे थे। वह बोला किंतु दबी जबान से, बड़े आहिस्ते से, जैसे शब्द उसके गले से निकल ही नहीं रहे थे, "हां, युवक! मैंने सब-कुछ सुना और समझा। लेकिन, अगर तुम मुझसे यह कहो 'कि जाओ और घर को आग लगा दो' तो मैं सुनूंगा, समझूंगा, पर वैसा करूंगा नहीं। अक्लमंदी की बातें करो, तो मैं सुनूंगा, समझूंगा और तुम्हारा कहा करूंगा। लेकिन, इसका क्या मतलब? अगर तुम मुझसे कहो कि बोरिया-बिस्तर उठाओ और भाग जाओ, तो यह कहां तक ठीक है? अन्त्येष्टि-क्रिया के बाद अगर तुम मेरे सामने घुटने टेकते, तो तुम्हारे पैर न घिस जाते, क्योंकि इस घर का आखिरी मालिक मैं हूं, और एक सच्चे मसीही का धर्म यही है। और तब मैं तुमसे कहता, 'यह तुम्हारा घर है, इसके मालिक अब तुम हो, ये तुम्हारे खेत हैं, तुम्हारे चरागाह हैं, ये सब मेरे ख़ून-पसीने से लहलहा रहे हैं, इनमें मेहनत करते-करते मेरी कमर टूट गई है, शरीर झुक गया है, मेरे हाथ शिथिल हो गए हैं और पैर कांपने लगे हैं। इस सबको सम्हालो। और मैं, बूढ़ा और थका आदमी, इस सबका मालिक, अब अपनी चिलम सुलगा कर एक कोने में जा बैठूंगा।' यही बात मैं तुमसे कहता और इसे सुनकर भगवान और इंसान दोनों ख़ुश होते।"

शीतार के ओठों पर घृणा थी, उसकी जिज्ञासापूर्ण दृष्टि चारों ओर दौड़ गई।

"इसे देखते हो? मैं इसके आगे घुटने टेकूं?"

उत्तर में सभी ज़ोर से ठठा कर हंस पड़े।

शीतार यर्ने की ओर घूम पड़ा। काफ़ी देर तक उसे देखने के बाद बोला, "अच्छा तो तू यह समझता है कि मैंने तुझे घर से बाहर इसलिए निकाला था कि मैं शराब के नशे में और बदहवास था, या यह कि पिता की अन्त्येष्टि के बाद मुझे मज़ाक सूझ रहा था? नहीं,

मुझे पिता की मृत्यु का शोक ज़रूर था, पर मेरा दिमाग ठिकाने था। शोक के साथ धीरज न खोने का माद्दा था। मैं पहले यहां का मालिक नहीं था। अन्य अनेक छोटे-छोटे लोग यहां रहते थे और उनमें सबसे छोटे की नाई मैं था। मेरा चम्मच गड़रिये के बगल में लगाया जाता था। तू, एक नौकर, मेरा मालिक बना बैठा था, पर वह ग़लत था। तेरी दृष्टि ही नियन्त्रण और तेरा शब्द ही आदेश था। लेकिन, मन-ही-मन मैं यह समझता था कि एक दिन तू मेरी चौपाल में खड़ा होगा, भीख मांगेगा, और यह विचार मात्र ही काफ़ी सुखद था। आप लोग चाहें तो मालिक का भी मालिक बननेवाले नौकर से अपना बदला चुका लें! गड़रिया, दरवाज़ा खोल कर इसे घर से बाहर कर दे।"

गड़रिये के लड़के ने आज्ञा का पालन किया, पर यर्ने हिला नहीं, जड़वत् खड़ा रहा।

"लकड़ी की भवानी की तरह खड़े मत रहो, चलते बनो।"

यर्ने जैसे किसी दुःस्वप्न से चौंक कर जग गया हो। उसका चेहरा गम्भीर था, फिर भी वह मुस्कराया।

"शीतार, ईश्वर ने एक नियम बनाया है जिसे तुम तोड़ नहीं सकते। जो मेहनत मैंने की है वह मेरी है। यही ईश्वरी न्याय है। मैंने जो बिस्तर खुद लगाया है, उस पर लेटने की इजाजत क्यों मांगूं? जिस रोटी को खुद कमाया और पकाया है, उसकी भीख क्यों मांगूं? मैं बगैर पूछे ही बिस्तर पर लेटूंगा और बिना मांगे रोटी खाऊंगा। यही क़ानून है, यही न्याय है... और तुम अपना चम्मच उठाओ और खाओ। जो कुछ खा रहे हो वह कायदे से तुम्हारा नहीं, फिर भी शर्माओ मत, खाओ। जो सचमुच मालिक है वह सब कुछ बरदाश्त कर लेगा। उसके मन में मलाल नहीं, क्योंकि क़ानून और न्याय उसके साथ हैं।"

यर्ने कह रहा था। सब ख़ामोश उसको घूर-घूर कर देख रहे थे, शीतार का चेहरा फक पड़ गया, उसने गुस्से में भर कर फौरन कहा, "अब आगे एक भी शब्द कहे बगैर फौरन यहां से निकल जा, दरवाज़ा

खुला है।"

यर्ने एक बार फिर घूमा। उसने बारी-बारी से हर एक को देखा, लेकिन उन सबके सर झुके हुए थे। किसी ने उसकी ओर नहीं देखा। उसके दिल को बड़ी ठेस पहुंची।

"मजे करो, मेरे दोस्तो! घर खुला है, भंडार और खत्तियां भी खुली हैं! सब कुछ ले लो और मजे करो! मैं अपने अधिकार-पत्र पर दस्तखत करवा कर उसे सील बन्द लिफ़ाफ़े में लेकर आऊंगा, क्योंकि भगवान तो झूठा नहीं, उसका क़ानून तो झूठा नहीं... और मेरे दोस्तो! तब तुममें दोस्ती की भावना और मसीहियों की भावना जागेगी।"

यह कहता हुआ वह बाहर चला गया।

चार

यनें मेयर से भेंट करने चल पड़ा। मेयर दोलिना की एक सराय का मालिक था। रास्ते में उसकी एक व्यक्ति से भेंट हुई, जो देखने में न तो भलामानस जान पड़ता था, न विद्वान और न मजदूर ही। वह आदमी काले कपड़े पहने था, दाढ़ी बढ़ी हुई थी, और उसे हर विषय का थोड़ा-बहुत ज्ञान था। संक्षेप में वह बेमतलब का आदमी और आवारागर्द था, जिसका न कोई संगी थी न साथी, न कहीं घर था न बार। यदाकदा बेताइनोवा में उसकी शक्ल दिख जाती थी, क्योंकि वह यहीं पैदा हुआ था, और फिर अचानक वह लापता भी हो जाता। राम जाने कहां जाता था। धर्म पर उसकी आस्था नहीं थी और गिरजाघर के सामने से गुजरते समय उसने अपनी श्रद्धा-भक्ति प्रकट करने के लिए सर से टोपी कभी नहीं उतारी।

"मैं इस नास्तिक से पूछता हूं।" यर्ने ने सोचा और उसको रोक लिया।

"नमस्कार, गोश्ताच !"

"नमस्कार, यर्ने !"

"तुम पढ़े-लिखे हो और क़ानून समझते हो, मुझे यह बताओ। मैंने चालीस वर्ष तक मेहनत की, एक घर बनाया, मेरे पसीने से भीगने के बाद ही खेतों और चरागाहों में जान आयी, तो इन सबका मालिक कौन हुआ ?"

काले कपड़े पहने उस विद्वान ने नज़र ऊंची की पर कोई जवाब न दिया।

"मेरी बात ध्यान से सुनो। मैंने अपने घर में चालीस साल तक मेहनत की। अगर तुम वहां झुककर देखो, अगर तुम ज़मीन को गौर से देखो तो पाओगे कि वह मेरी है, तुम समझ सकोगे कि वह मेरे ख़ून-पसीने से तर है। अगर तुम उस घर को देखो तो तुम्हें पता चलेगा कि उसके हरे जंगले मेरा नाम ले ले कर तुम्हारा स्वागत कर रहे हैं—अब कहो तुम्हारी क्या राय है ?"

विद्वान ने फिर यर्ने की ओर देखा पर बोला नहीं।

यर्ने थोड़ा और झुक गया, भौंहों को सिकोड़ते हुए उसने अंगुलियों के पोरों को एक-दूसरे पर इस प्रकार रखना शुरू किया मानो वह जो कुछ कह रहा था उसे और अधिक स्पष्ट करना चाहता था।

"चालीस साल बीत गए जब मैं यहां आया था," उसने कहा "मैं रेशिये से यहां आया। मेरे घर में कई प्राणी थे, इसलिए मुझे घर छोड़ना पड़ा। अर्सा हुआ, इतने वर्ष बीत गए—अपनी मां या भाइयों की याद कभी नहीं की, और अब यदि रास्ते में मेरी उनसे कहीं भेंट हो जाय तो भी मैं उन्हें पहचान नहीं सकता। तो मैं आया। आकर एक घर बनाया—उस ढलान में !"

बड़े आश्चर्य से विद्वान ने उसकी ओर देखा और बोला :

"पर वह तो शीतार का घर है।"

"कौन शीतार? इतने अर्से तक तुम कहां भटकते रहे कि तुम्हें इतना भी मालूम नहीं। शीतार मर चुका है, हमने कल ही तो उसे दफनाया है। अब मैं ही अकेला बच रहा हूं, मैं, आखिरी मालिक!"

"तो शीतार के बेटे का क्या हुआ?"

"उधर देखो। वह खड़ा है, घर के ठीक सामने। वही है। मैं दूर से ही देख कर उसे पहचान सकता हूं। वही है। भगवान न करे कि मैं उसकी बुराई करूं। वह बुरा तो नहीं। हां, पीता बहुत है और गुस्से से बेकाबू हो जाता है। मैं उसे घर से बाहर न निकालूंगा। वह अभी बच्चा है, वह अब भी नेक आदमी बन सकता है।"

"लेकिन वही तो अपने पिता के खेत-पात का उत्तराधिकारी और असली मालिक है। तुम उसे घर से निकाल भी कैसे सकते हो?"

यर्ने को संतोष न हुआ। उसने सर हिलाकर हाथ मटकाते हुए कहा :

"क्या बात कहते हो, धेले की अक्ल नहीं। मैंने यह जानने के लिए तुम्हें सड़क पर नहीं रोका। हां, अपने बाप के खेत-पात का उत्तराधिकारी वही है और रीति-रिवाज या संभव है कि क़ानूनी तौर पर भी पिता के बाद मालिक भी वही हो। लेकिन सच्ची बात क्या है सो राम ही जाने। यह एक बात हुई, मगर मैं जो कुछ तुम्हें बता रहा हूं वह एक जुदा बात है। यर्ने ने चालीस साल तक मेहनत की, चालीस साल तक यर्ने ने बनाया—भगवान उसकी मेहनत से प्रसन्न हुआ, उसका अच्छा फल मिला। मेहनत किसने की, फल किसको मिले? इस बात का जवाब दो, क्या इन्सानी क़ानून और दैवी इच्छा यही है कि हालांकि मैंने इतनी घास काटी, इतने खेत काटे कि उसका अम्बार उस पहाड़ के बराबर लग गया, पर मेरे लिए कहीं ठौर-ठिकाना न रहे? हालांकि मैंने गेहूं और राई से खत्तियां-की-खत्तियां भर दी हैं, पर मुझे खुद खाने को रोटी का एक टुकड़ा भी नसीब न हो?

अब जवाब दो।"

विद्वान सारी बात समझ गया और ख़ूब ठठा कर हंसा।

"यर्ने! इन्सान का क़ानून तो यह है कि यर्ने घर बनाये और जब घर बन कर तैयार हो जाय तो मालिक आराम से उसमें रहे और यर्ने को बाहर का रास्ता दिखा दिया जाए। यर्ने हल जोते, बोए, काटे पर फ़सल पर मालिक का अधिकार हो और यर्ने को पत्थर मिलें। यर्ने काटे, मांडे, पुआल और भूसा जमा करे और जब अनाज और भूसे से सारा घर भर जाए तो मालिक गद्दे पर सुख की नींद सोए और यर्ने सड़क पर रात गुजारे। दोनों जब बूढ़े हो चले तो मालिक चिमनी के कोने में आराम से बैठ कर अपना हुक्का गुड़गुड़ाए और ऊंघे, पर यर्ने खलिहांन में बैठे और सड़ी घास पर कढ़िल घसिट कर मर जाय..

यही है इन्सान का क़ानून और भगवान की मर्जी! कहा है, "अन्याय बर्दाश्त करो। यर्ने, अगर तुम्हारा पड़ोसी तुम्हारे दाहिने गाल पर थप्पड़ मारे तो बायां गाल भी उसके सामने कर दो, अगर वह तुम्हारा कोट उतरवाए तो अपनी कमीज़ भी उतार कर उसे दे दो।"

"झूठे कहीं के!" यर्ने बोला। "अन्याय परमात्मा की देन नहीं।"

इस बार उस विद्वान को शायद यर्ने पर दया आई, और वह हंसा नहीं।

"यर्ने, अधिकार और अन्याय, मनुष्य के क़ानून और ईश्वर की मर्जी जैसी बातों को लेकर झगड़ा न करो। मैंने

यही किया और देखो आज न तो मेरा कोई साथी है और न कहीं घर-बार। मैंने कोशिश की कि लोगों को दुनिया के अन्यायों और उसके नियमों को समझाऊं, पर उन लोगों ने ही मुझे बाग़ी कह कर निकाल बाहर किया। अन्याय को विष का घूंट मान कर पी लो, यर्ने, और उसे हमेशा के लिए भुला दो। अपने मालिक की शरण में जाओ, उसके आगे घुटने टेको, हाथ जोड़ो और उससे विनती करो कि जिस घर को तुमने बनाया है उसी घर के एक कोने में वह तुमको सर छिपाने का ठौर दे और जिस भोजन की सामग्री तुमने जुटाई है उसी में से वह रोटी का एक टुकड़ा तुमको भी दे। यही करो और तभी तुम दुनिया के नियमों और परमात्मा की इच्छा का पालन कर सकोगे।"

यर्ने सिर हिलाता हुआ बोला, "तुमने अन्याय सहा, है, उसकी गहरी छाप तुम्हारे दिल पर पड़ी है। शायद इसी वजह से तुम नास्तिकों और पागलों जैसी बातें कर रहे हो। पर चूंकि तुम दुःखी हो, इसलिए जब भूख लगे और थक जाओ तो मेरे घर आ जाना, वहां तुम्हारे लिए भोजन और सोने के लिए खाट हमेशा तैयार होगी।"

यर्ने ने बस इतना ही कहा। वह दुखी था और उसका हृदय भर आया। दोनों ने एक-दूसरे से विदा ली और अपने-अपने रास्ते चल पड़े।

पांच

मेयर कमीज़ की बाहें ऊपर को समेटे हंसमुख मुद्रा में सराय के द्वार पर खड़ा था।

"कहां जा रहे हो यर्ने ?"

"कुछ काम से मैं आपके ही पास आया हूं, मेयर महोदय !"

दोनों सराय के भीतर चले गए। मेयर बड़ी शान से एक कुर्सी पर जा विराजा और यर्ने खड़ा रहा।

"सुनिए, मेयर, अब मैं आपको अपनी दास्तान सुना रहा हूं, और तब आप देखिए कि न्याय क्या कहता है और क्या उचित है। शीतार का बेटा, मुझसे कहता है, 'भाग जाओ और किसी और के यहां काम तलाश करो।' वह कहता है, 'तुमने अपनी जवानी खपायी मैंने सब कुछ लिया। मेरा घर अब भरा-पूरा है, तुम भाग जाओ, इस बुढ़ापे में जहां

कहीं ठौर मिले वहां जाओ। मैंने न जोता, न बोया, न काटा, पर अब तुम्हारे परिश्रम का लाभ मैं उठाऊंगा, चिकनी और साफ रोटियां मैं खाऊंगा और तुम अपना पेट भरने के लिए मेरी चौपाल के इर्द-गिर्द फेंके गए टुकड़े बीनो। तुमने भोजन तैयार किया, पीने की सामग्री जुटाई, तुमने हमारे लिए थाल लगाया, और अब तुम फर्श पर झुक-झुक कर जूठन बटोरो!... उसने बिना किसी हया-शर्म के इस किस्म की बात की। मेयर, अब आप ही विचार करें। मुझे बतायें, क्या यह उचित है? क़ानून कहां गया?"

मेयर ने भौंहें सिकोड़ीं। उसकी आंखों में ख़ुशी या सहानुभूति न थी।

"इतनी देर से अपनी बात कह रहे हो, हालांकि तुम इसी को कुछ चन्द शब्दों में इस प्रकार कह सकते थे कि शीतार ने तुम्हें नौकरी से अलग कर दिया है।"

यर्नें ने अपना हैट मेयर के सामने रख दिया और दोनों मुट्ठियां मेज़ पर रखते हुए झुक कर बोला, "क्या? नौकरी से अलग कर दिया? क्या नौकर मालिक को बरखास्त कर सकता है? वह मकान, जो इस शक्ल में नज़र आ रहा है और अब जिसकी कुछ कीमत है, किसने बनाया, उसने या मैंने? धरती को अपने श्रम के पसीने से किसने सींचा, उसने या मैंने? दूर-दूर घाटियों तक फैले खेत और चरागाहों को, पहाड़ों-जैसे ऊंचे पेड़ों को किसने लगाया, बनाया, उसने या मैंने? अपनी मेहनत से सारी सम्पत्ति किसने बनाई, मैंने, जो खेतों में खुली पीठ लिए पसीने से सराबोर होता रहा, या कि उसने, जो मांस-पिंड की भांति कपड़ों में लिपटा कें-कें करता था? बताओ हममें से यह कहने का अधिकारी कौन है कि अपना बोरिया-बिस्तर उठाओ और भाग जाओ—मैं या कि वह? मुझे समझाओ! मेरा हक कहां गया, मेयर? बोलो क़ानून क्या कहता है?"

मेयर बैंच से पीठ टेकते हुए शून्य दृष्टि से उसकी ओर देख

रहा था।

"साफ़-साफ़ कहो, अब तुम चाहते क्या हो? तुम मेरे पास क्यों आए, यर्ने?"

यर्ने को आश्चर्य हुआ। वह अकड़ कर खड़ा हो गया।

"मैं आपके पास न्याय कराने आया हूं, मैं आपके पास रोटी का एक टुकड़ा या सोने के लिए चार हाथ जगह मांगने नहीं आया। आप मुझे समझाएं कि क़ानून क्या कहता है, न्याय क्या है? 'हां' या 'न' में अपना फ़ैसला सुना दीजिए। बस, इसीलिए आपके पास आया हूं।"

"आखिर तुम चाहते क्या हो?"

"वही जो मैंने आपसे कहा।"

"क्या तुम्हारे मालिक ने तुम्हें बरखास्त कर दिया है?"

"कैसा मालिक? किसको किसने बरखास्त किया?"

"बकवास मत करो। मैं तुम्हें माफ करता हूं, यर्ने, हालांकि तुम इतने बूढ़े हो, पर हो अव्वल नम्बर के मूर्ख... शीतार ने तुम्हें नौकरी से क्यों अलग किया?"

"अरे मुझे निकाला किसने? और कहां से?"

"अच्छा बस करो यर्ने! अगर तुम्हें सही बात को सुनना और समझना मंजूर नहीं तो बेहतर है कि तुम यहां से जाकर अपनी कहानी गड़रियों के लड़कों-बच्चों को सुनाओ। अब मैं अधिक सुनना नहीं चाहता, पर एक बात का जवाब दो। अब तुम्हारा कोई ठिकाना नहीं और न किसी के यहां काम से लगे हो, तो अब तुम जाओगे कहां?"

"कहां जाऊंगा?" यर्ने ने आंखें फाड़-फाड़ कर मेयर की ओर देखते हुए प्रश्न किया।

"हां, हां। मुझे आंखें फाड़-फाड़ कर न देखो बल्कि कान खोलकर सुनो। शीतार ने तुम्हें बरखास्त कर दिया है। अब न तुम्हारा कहीं घर है और न कोई मालिक। तुम कहां जाओगे?"

कुछ देर तक खामोश खड़े रहने के बाद यर्ने ने पूछा, "क्या? यही मेरा अधिकार है? क्या यही न्याय है?"

मेयर को क्रोध आ गया।

"तुझसे अधिकारों और न्याय की बात ही कौन करता है। नौकर का इन सबसे वास्ता ही क्या? उसके लिए इनका महत्त्व क्या? मैं तो अब यह पूछ रहा हूं कि इस बूढ़ी काया को किधर घसीट कर ले जाने का विचार है?"

यर्ने कुछ देर तक निर्निमेष नयनों से मेयर की ओर देखता रहा और फिर सर झुका लिया।

"तब", यर्ने बोला, "क़ानून क्या यही है? नौकर का न तो कोई अधिकार है और न न्याय?"

"मैंने यह तो नहीं कहा कि ऐसा कहीं लिखा ही नहीं है। मेरी बात को तोड़ने-मरोड़ने की कोशिश मत करो। फिर भी मालिक तो मालिक ही है और नौकर नौकर। अगर मालिक अपने नौकर से कहे, 'बोरिया-बिस्तर बांधो और भाग जाओ', तो नौकर को यही चाहिए कि वहां से चल दे। हमेशा से यही होता आया है और आगे भी ऐसा ही होता रहेगा, क्योंकि इसके सिवाय और कुछ हो भी नहीं सकता ...क्या तुम्हें खुद शर्म नहीं आती कि मैं तुम जैसे साठ साल के बूढ़े को ये सब बातें बच्चे की तरह समझाऊं।"

यर्ने नज़र नीची किये खड़ा रहा। आख़िरकार वह बोला, मानो ज़ोर-ज़ोर से सोच रहा था :

"मतलब यह कि मैं अपनी बोरिया-बिस्तर लेकर चल दूं?"

"हां, तुम्हें चल देना चाहिए।"

"क्या यही न्याय है?"

"उचित तो यही है।"

"आप पढ़े-लिखे हैं मेयर, मुझे इतना और बता दीजिए कि मैं अपनी मेहनत को, चालीस साल के परिश्रम को, बिस्तर में कैसे लपेटूं?

इतना और समझा दीजिए, बस फिर मैं चल दूंगा!"

यह सुन कर मेयर क्रोध से बौखला उठा। उसने मेज़ पर ज़ोर से हाथ पटका।

"तू मुझे बेवकूफ बनाने आया है? चल भाग! सड़क पर कुछ लफंगों और मूर्ख छोकरों को इकट्ठा करके उन्हें अपनी दास्तान सुना। तब देखेगा कि वे तेरी किस तरह से हंसी उड़ाते हैं, किस तरह से तुझे जीभ दिखाते हैं और तेरा कोट पकड़ कर खींचते हैं.. जो लोग किसी बात को गम्भीरता से सोचते हैं उनके बीच तेरे जैसों को ठौर नहीं : बातूनी औरतों के बीच भी नहीं।" यर्ने जड़वत खड़ा सब सुनता रहा।

"मेयर", वह बोला, "अभी कल ही आप दूसरे ढंग से बातें कर रहे थे। आपके मिलने-जुलने का ढंग कुछ और था, और मुझे ऐसा लगता है कि आपका चेहरा भी कुछ और था... कितनी अजीब बात है! एक आदमी देखते-ही-देखते कितना बदल जाता है! यहां कल जो व्यक्ति था आज वह नहीं, उसकी जगह कोई दूसरा ही आदमी नज़र आ रहा है... आख़िर मैंने आपका क्या बिगाड़ा है कि कल जो आप मुझसे एक भाई की तरह बातें कर रहे थे, आज दुत्कार रहे है...?

"नौकर तुम्हें अब मैं कोई जवाब नहीं दे सकता। जाओ, अपना बोरिया-बिस्तर उठाकर चल दो और मेरे या इस बस्ती के लिए मुसीबत का कारण न बनो।"

इतना कह कर मेयर ने कुर्सी छोड़ दी।

छः

मेयर और यर्ने की बातचीत अभी ख़त्म नहीं हुई थी कि सराय में और कई किसान आ पहुंचे। मेयर की बातों से यर्ने का हृदय बिंध चुका था। वह उन किसानों से बोला, "भलेमानसो, आपने हमारी बातें सुनीं। अब आप लोग ही फ़ैसला करें। मेरी आप सबसे प्रार्थना है। कृपा करके कुछ कहें। आप सभी मुझे जानते हैं, मैं जिन दिनों खेत जोतता और फसल काटता था उन दिनों आप सब लड़के थे, पर आज बड़े और जवान हो गए हैं। जब आप लोग पैदा भी नहीं हुए थे तब मैंने घर बनाया और खेतों को अपने पसीने से हरा-भरा किया... पहाड़ी की ढलान में वह घर मौजूद है, नाले से पहाड़ी तक फैले सभी खेत मेरे हैं। वे बड़े चरागाह और पहाड़ी के पास का घना जंगल भी! अगर यर्ने की मेहनत का नहीं तो फिर वह किसकी मेहनत

का फल है, जिससे आज वहां की चट्टान भी सोना उगलने लगी है, वह बरगद के छोटे बीज की तरह बढ़ कर छायादार विशाल वृक्ष जैसी हो गई है? उस जमीन को उपजाऊ बनाने के लिए परमात्मा से प्रार्थना किसने की? बोलिए, अगर यह सब मेरी मेहनत का नहीं तो किसके परिश्रम का फल है? आज उस घटना को, जब मैंने इस ज़मीन पर काम करना आरम्भ किया था, चालीस वर्ष बीत गए हैं, हर चीज़ ठीक ठिकाने से लग गई है। घर धन-दौलत से भरा है और यर्ने से कहा जाता है—'तुम्हारा काम ख़त्म हुआ, बोरिया-बिस्तर बांधो और चल दो।' मेरे साथ यही हुआ है। हे भलेमानसो, अब आप ही न्याय करो। विचार करो और अपना फ़ैसला दो।"

किसानों ने एक दूसरे की ओर देखा, उनमें से कुछ हंस पड़े, पर बोला कोई नहीं। यर्ने ने एक के बाद दूसरे के मुंह को देखा, वह

मन-ही-मन कांप उठा, "आप सब खामोश क्यों हैं? आप लोग मेरी ओर इस प्रकार क्यों देख रहे हैं जैसे मैं कोई आवारा या थका-मांदा और निराश भिखारी हूं? अरे, मसीही भाइयो! चुप रहो। बोलने के लिए अधीर न हो, जल्दबाजी में फ़ैसला न करो। बैठ जाओ, मेरे मुसाफिरो, मेरे निष्पक्ष पंचो, मैंने अपनी पूरी राम-कहानी कह डाली, छिपाया कुछ नहीं, कोई बात छोड़ी नहीं। इस पर बार-बार सोचो, सत्य का निर्णय करो, और फिर उसका ऐलान कर दो।"

वियाच ठठाकर हंस पड़ा और बोला, "यर्ने, क्या तुम पागल हो गए हो?"

यर्ने की समझ में बात न आई और वह बोलनेवाले को घूर-घूर कर देखने लगा।

"क्या बात करते हो? मैंने यह तो नहीं कहा कि तुम मेरे दिमाग की जांच करो। मैंने तो तुमसे सिर्फ़ अधिकारों के बारे में पूछा है। और मान लो कि मैं पागल हूं, अगर मैंने कोई ऐसा काम किया जिस पर तुम्हें हंसी आती हो, या दरअसल तुम्हें शर्म आती हो, तो भी मेरे अधिकार तो ज्यों-के-त्यों रहेंगे ही और पागल आदमी के भी तो कुछ अधिकार होते हैं!"

"अच्छा", सलान्दर बोला, "बताओ तो कि हुआ क्या! अगर उसका दिमाग खराब हो गया है तो इसका भी कुछ कारण है।"

मेयर ने तत्काल सलान्दर की बात काटते हुए कहा :

"अरे इसे हो भी क्या सकता है? शीतार ने इसे बरखास्त कर दिया है; मालिक ने नौकर को हटा दिया, बस इतनी सी बात है।"

"उसने बरखास्त कर दिया यर्ने को! क्या सचमुच?" सलान्दर ने आश्चर्य प्रकट करते हुए कहा। "उसको नौकरी से अलग करना, मालिक की भारी भूल है, और खास कर ऐसे समय में जब वह बूढ़ा हो चला है। चिमनी के पास बैठने और भोजन पाने का तो वह अधिकारी है ही। आदमी को तो क्या, मैं तो बूढ़े और अंधे घोड़े को

भी अस्तबल से न भगाऊं!"

यर्ने की घनी भौंहें ऊपर को उठ गईं।

"क्या कहा तुमने? अंधा घोड़ा? अरे दया या दान का सवाल ही नहीं। यहां तो न्याय की बात है। प्रश्न यह है कि क्या इन्सान का क़ानून और परमात्मा की मर्जी यही है कि मुझसे कहा जाए, तुम्हें ज़िन्दगी में जो काम करना था वह पूरा हो चुका, तुम्हारे जीवन का संध्याकाल है, इसलिए अब तुम अपना बोरिया-बिस्तर उठा कर जहां चाहो जा सकते हो। मैं तो सिर्फ़ इस बात को जानना चाहता हूं।"

किसानों ने फिर एक दूसरे का मुंह ताका, पर बोला कोई नहीं।

"बोलो, सलान्दर! मुझे बताओ! क्या इंसान का क़ानून और दैवी न्याय यही है?"

"अच्छा! अब तुम सबने उसकी बातें सुन लीं," मेयर हंसते हुए बोला, "उसे जवाब दो।"

और सलान्दर बोला :

"माना इंसान का क़ानून और ईश्वरी आदेश यही है कि नौकर अपने मालिक की आज्ञा का पालन करे। लेकिन, साथ ही यह नियम भी है कि मालिक ऐसे नौकर को, जिसने आख़िर दम तक उसकी सेवा की हो और जो बूढ़ा और शिथिल हो, घर से न निकाले... हालांकि, यह नियम कहीं लिखा नहीं है, पर इसे जानते सब हैं और प्रभु ईसा की मर्जी भी यही है... यर्ने शीतार के पास वापस जाओ, उसे यह बात समझाओ, वह तुम पर रहम करेगा ही।"

यर्ने का अन्तर विरोध और क्रोध की भावना से जल उठा :

"रहम! मैं दया की भीख नहीं मांगता, बल्कि न्याय का द्वार खटखटाता हूं, ताकि वह मेरे लिए भी खुल जाए। जिसने एक फारम की देख-रेख चालीस साल तक की हो वह कोई भिखारी या आवारा नहीं, जिसने अपने हाथों से घर बनाया हो वह बेपनाह नहीं, जिसने ज़मीन के काफ़ी लम्बे-चौड़े टुकड़े को जोता-बोया हो, उसको टुकड़े

मांगने की ज़रूरत नहीं। अगर तुमने मेहनत की है, तो वह मेहनत तुम्हारी है; यही क़ानून है! यही न्याय है! मैं न्याय की खोज करूंगा, और खुद न्याय करूंगा। न्याय करनेवाले मूर्खो, अगर तुम अन्यायी हो, तो ऐसे लोग भी हैं जो मेरी बात का मुद्दा समझेंगे। धरती अनन्त और अछोर है, तुमसे भी ऊपर ऐसे लोग हैं जो न्याय करना जानते हैं और सबके ऊपर ईश्वर है।"

मेयर ठठाकर हंस पड़ा और किसान उदासीन हो गए।

"यर्ने!" सलान्दर कह रहा था, "भावावेश में न आओ, और हठ न करो। अगर नए मालिक से तुम्हारा झगड़ा हो गया है और अगर वह तुम पर रहम नहीं खाता, तो मैं कहता हूं कि हम लोग तुम्हें अनाथ आश्रम में रखवा देंगे। हालांकि तुम इस बस्ती के निवासी नहीं हो फिर भी तुम्हें यहां रहते अर्सा हो गया और हम तुम्हें सड़कों पर नहीं मरने देंगे।

यर्ने का वृद्ध और झुका शरीर गुस्से से कांप उठा।

"उसने मुझे घर से निकाला पर तुम मुझे बेहया बना रहे हो। मैं न्याय की तलाश करने चला हूं, और न्याय करने वाले मेरा उपहास करते हैं। अनाथालयों में भेजो उन शराबियों को, जिन्होंने शराब पीने में ही सारी धन-दौलत गंवा दी; चोरों को, जो बूढ़े हो गए हैं और सेंध लगाने में असमर्थ हैं। अनाथालयों को जेलों में बदल दो, जहां क़ानून भंग करनेवाले और न्याय का उपहास करनेवाले रखे जाएं और उन्हें रखा जाए जिन्होंने किसी बूढ़े का सम्मान करने के बजाय उसका मखौल उड़ाया हो।"

यर्ने का इतना कहना था कि किसान गुस्से से तिलमिला उठे, "बस चुप रह, गुलाम कहीं का!"

"पागल है!" कुछ लोग बोले।

"इस बागी को जेल भेजो!" एक ने कहा।

"चल भाग यहां से!" दूसरा बोला।

कुछ किसान बड़बड़ाए, “इस गुलाम को भागने के लिए दरवाज़ा खोल दो।” “दरवाज़ा खोल दो !” सब एक स्वर में बोले।

मेयर यर्ने के पास आकर बोला, “देखो, यर्ने, अब चूं तक न करना।” यर्ने ने चारों ओर देखा। उसका चेहरा शांत था, कंपन था बस स्वर में। “मैं तुम सबको माफ करता हूं, अन्यायी पंचो, ठीक उसी तरह जैसे ईसा ने अपने हत्यारों को क्षमा कर दिया था।”

उसने अपना सर झुका लिया, आहिस्ता से दरवाज़ा खोला और उसे चुपके से बन्द करके बाहर चला गया।

सात

यर्नें सराय से बाहर आ गया था। उसने सोचा : "मेयर ने मुझसे कहा, 'सड़क पर गंवार लड़कों को जमा करके उन्हें अपनी कहानी सुनाओ। वे तुम पर हंसेंगे और तुम्हारा कोट नोचेंगे... फिर भी इस बात में अक्लमन्दी है।' यद्यपि यह बात घृणावश ही कही गई, तथापि जिस बात को सांसारिक अन्याय से कठोर बने प्रौढ़ हृदय समझने में असमर्थ हैं। बच्चों के निश्छल हृदय, जहां दैवी दया और आशीर्वचन भरे हैं, उसको समझ सकेंगे।"

यर्नें यह विचार करके आगे बढ़ा। रास्ते के बच्चों को इकट्ठा किया। उसके चारों ओर लड़कों की भारी भीड़ जमा हो गई। कोई शोर करता, कोई शरारत करने में मशगूल था, तो कोई हु-हा करने में ही। यर्नें ने अपनी कहानी सुनानी आरम्भ की :

"बच्चो, पहाड़ी की ढाल पर मेरा घर है। देखो वह हरी-हरी खिड़कियों वाला मकान। उन्होंने वह मकान मुझसे छीन लिया है। वर्षों की मेहनत के बाद मैंने वह घर बनाया, अब मैं बूढ़ा हो चला हूं, काम नहीं कर सकता, और जब मैंने काम समाप्त कर लिया, तब वे मेरे पास आकर बोले, 'यर्ने, अब तुम जाओ!' प्यारे बच्चो, मेरे खेत भी हैं। वे सभी खेत! देखो, नाले से पहाड़ी तक विस्तृत खेत, वे सभी मेरे थे। और अब वे खेत भी मुझसे छीन लिए गए हैं। शुरू में घर के पीछे थोड़ी-सी ज़मीन थी। जोत गोड़ कर मैंने खेत तैयार किए और अब, जब मेरा काम खत्म हो गया, तब वे मुझसे बोले, 'यर्ने, अब जायदाद की हदबन्दी हो चुकी, तुम जाओ!'... बच्चो, निश्छल और निष्कपट बच्चो, मुझे बताओ, क्या यह उचित और न्यायसंगत है।"

थोड़ी देर तक चुप रहने के बाद सभी बच्चे जोर से हंस पड़े।

"यर्ने, हमें एक पैसा दो।" एक लड़के ने, जिसके पैरों में जूते नहीं थे, मांग की।

"यह लो पैसा, डरो मत! लो, और मेरे सवाल का जवाब दो।"

उस बच्चे ने शर्माते हुए हाथ बढ़ाया और पैसा लेकर नौ दो ग्यारह हो गया।

"भगवान भला करे तुम्हारा बच्चू!" यर्ने हंस पड़ा। "पर तुम, जो मेरी ओर इतनी गम्भीरता से देखते हो, बताओ—मैंने जो कहा उसे तुमने सुना, अब तुम्हारा निष्कपट हृदय जो कहता हो सो बोलो।"

"मुझे भी एक पैसा दो!" धीमे किन्तु गम्भीर स्वर में दूसरा बच्चा बोला।

"हां, मैं तुम्हें एक क्या दो पैसे दूंगा। यर्ने धनवान है, क्योंकि उसने चालीस साल तक मेहनत की है... पर मैंने जो कुछ पूछा, उसका जवाब दो।"

बच्चे ने दोनों पैसे ले लिए, एक कदम पीछे हटा, और उसी मन्द तथा गम्भीर स्वर में बोला, 'शराबी!' यह कह कर वह भी नौ

दो ग्यारह हो गया। भागते समय वह बीच-बीच में पीछे फिर कर देख लेता था कि कहीं यर्ने उसका पीछा तो नहीं कर रहा।

"अच्छा, तुम भी ले भागे! तुम निरे बच्चे हो, विचारहीन, भगवान तुम्हारे गुनाहों को क्षमा करेगा," यर्ने हताश होकर बोला।

उसके चारों ओर बच्चों की भारी भीड़ थी। भीड़ ज्यों-ज्यों आगे बढ़ती थी त्यों-त्यों और बच्चे आकर उसमें शामिल होते जाते थे। शोरगुल भी बढ़ता जाता था।

"आओ, बच्चो, उस व्यक्ति के साथ हो लो, जो धनी होकर भी रंक है, ध्यान से उसकी कहानी सुनो। तुम्हारे बाल-हृदय उस उर्वरा भूमि के सदृश हैं, जिसे कृष्योपयोगी बनाया गया है। यही कामना है कि उसमें ऐसा बीज पड़े, जिसका फल मधुर हो। अगर तुम हंसते और शोर मचाते हो, या कि तुम उस व्यक्ति से भय खाते हो, जिसकी दृष्टि गम्भीर और, गति मंद है, तो इससे मेरा क्या वास्ता? मैं समझता हूं। मैं भी उछलता था, नाचता था। लोग मुझे देख कर ख़ुश होते थे, लड़कियां मेरी तारीफ के पुल बांधती थीं, लड़के मुझसे डरते थे, और तब, मैंने अपने अधिकारों की रक्षा घूंसे के बल से की होती।"

बच्चे एक स्वर से चिल्ला उठे : "यर्ने, नाचो!"

और सहसा, प्रसन्नचित्त बच्चों की उस भीड़ के बीच, जो उसके चारों ओर एकत्र हो गई थी, यर्ने को ऐसा लगा जैसे उसके पैरों में जवानी आ गई हो, उसके पैर और कमर थिरक उठे।

"यर्ने नाच रहा है, यर्ने ने शराब पी है!" बच्चे चिल्ला उठे। और वे भी उसके आगे-पीछे नाचने लगे, कुछ नाचते-नाचते यर्ने के ऊपर ही गिरने लगे।

आस्तीन से भौंहों का पसीना पोंछते हुए यर्ने बीच सड़क पर रुक कर बच्चों की ओर घूमा :

"हो चुका, मेरे दोस्तो! काफ़ी हिमाकत हो चुकी। भगवान तुम लोगों का कल्याण करे। तुम भलाई या बुराई कुछ नहीं समझते, क्योंकि

तुम्हारे हृदय शुद्ध और साफ हैं, जीवन की कटुता ने उन्हें कठोर नहीं बनाया। अन्याय किसे कहते हैं यह मैं जवानी ढलने तक नहीं समझ सका, लेकिन आज वह मेरे ऊपर आ पड़ा है और मुझे दर-दर भटक कर ऐसा स्थान खोजने की सज़ा मिली है, जहां मैं इस बोझ को उतार सकूं। बच्चो, भगवान तुम्हें वह दिन न दिखाए जब कि तुम्हें यह भी पूछना पड़े कि इन्सान का न्याय और खुदा का पैगाम क्या है! परमात्मा तुम्हें अधिकारों की बात जानने से बचाए, क्योंकि तब तुम समझने लगोगे कि अन्याय क्या है।"

एक लड़के ने धक्का दिया और यर्ने धड़ाम से धरती पर गिर पड़ा। उसका टोप धूल में लुढ़कता हुआ दूर जा पड़ा। बच्चे खिलखिलाकर हंस पड़े।

यर्ने उठा और झुक कर अपना टोप उठाने से पहले बच्चों की ओर घूमा।

"बच्चो, तुम्हें ऐसा नहीं चाहिए," उसने कहा। "मैं बूढ़ा हूं। इतना बूढ़ा कि तुम्हारी तरह उछल-कूद नहीं सकता।"

यर्ने अभी अपना टोप उठाने के लिए झुका ही था कि घुटनों के बल धरती पर पुनः जा गिरा। उसके दोनों हाथ धरती पर जा टिके। लड़कों की भीड़ बिखर कर सड़क के किनारे जा खड़ी हुई। यर्ने धीरे-धीरे उठा। घुटनों की धूल झाड़ी। उसके चेहरे पर भय और वेदना थी।

"भगवान तुम्हें क्षमा करे, बच्चो! मैं भी तुम्हें क्षमा करता हूं। तुम अन्याय को समझो भी तो कैसे, क्योंकि तुम पर खुद नहीं बीती? भगवान तुम्हारी मदद करे।"

"यर्ने गिर पड़ा! शराबी धूल में गुलाटे खा गया!" बच्चे चिल्ला उठे।

शून्य को चीरता हुआ एक पत्थर खट से यर्ने के घुटने पर आ लगा।

बूढ़ा घूम पड़ा और बड़े दुःख से बोला, "भगवान क्षमा करे। बच्चो! यह क्या कर रहे हो?" और एक पत्थर यर्ने के जबड़े में लगा, खाल निकल गई; खून निकल आया। भय से कांपते हुए यर्ने ने हाथ फैलाया।

"बच्चो, प्यारे बच्चो, भला मैंने तुम्हारा क्या बिगाड़ा है?"

"ख़ून!" भय से बच्चे पुकार उठे और नाली फांद कर खेतों की ओर भाग खड़े हुए।

अब एक ही बच्चा बच रहा, जो सबसे छोटा था, जिसके बाल घुंघराले थे और जिसके पैरों में जूते भी न थे। डगमग पग बढ़ाते और रोते-सिसकते हुए यह बच्चा यर्ने के घुटनों से आ लिपटा। यर्ने ने उसके घुंघराले बालों को सहलाया, गालों को थपथपाया। आंसुओं से उसका चेहरा गीला था। बच्चे ने यर्ने की ओर देखा, उसकी आंखें चमक रही थीं।

"अकेले तुम आए, एक तुम्हीं ने मुझे समझा, बोलो, तुम्हीं मेरे निष्पक्ष जज बनो।"

कांपते हुए बच्चे ने पुकारा :

"मां! मां! मां!"

एक औरत दौड़ी हुई आई उसने बच्चे को गोद में उठा लिया।

"उन्होंने मेरे बच्चे के साथ क्या किया?" उस स्त्री ने पूछा।

"अकेले इसने महसूस किया है कि अन्याय हो रहा है," यर्ने ने कहा, "मेरे दयालु जज, भगवान की कृपादृष्टि तुम पर हो।"

बच्चे ने अपना सर मां के सीने में छिपा लिया। वह अब भी सिसक कर कह रहा था।

"मां! मां!"

आठ

यर्नें अपना सामान उठाने वापस घर लौटा। दरवाज़े पर ही शीतार से उसकी भेंट हुई, पर न तो उसने शीतार की ओर देखा और न ही शीतार ने यर्नें को देखा।

"मैं सिर्फ़ अपना सामान लेने आया हूं" यर्नें ने सामने देखते हुए कहा। जान पड़ता था कि वह शीतार से नहीं, मकान से बातें कर रहा था। "मैं और कुछ न लूंगा, और न घर में या बखार में ताला ही डालूंगा।"

वह बीचवाले बड़े कमरे में पहुंचा और सीढ़ियां चढ़ कर उस कमरे में दाखिल हुआ जिसमें वह अर्से से रहता था और जिसे उसने अपनी इच्छानुकूल सजा रखा था। कमरे में बिस्तर था और दीवाल पर क्रास पर चढ़े ईसा मसीह की मूर्ति और माला टंगी थी। इतवार के

दिन पहनने के विशेष कपड़े खूंटी पर टंगे थे। बेंच के नीचे एक टोकरी में यर्ने के दूसरे कपड़े थे। बिस्तर पर फूलदार चादर बिछी थी, जिसे उसका स्वर्गीय मित्र मार्टिन तुर्की की लड़ाई से लाया था और जिसे उसने यर्ने को भेंट में दिया था।

उसी चादर पर यर्ने ने पहले अपने वे कपड़े रखे जिन्हें वह रविवार को पहनता था, इसके बाद दूसरे कपड़े रखे। उसने चादर को लपेट कर उसे एक रस्सी से बांध दिया। सामान बांध चुकने के बाद उसे दुःख हुआ, हृदय में विचित्र भाव उठे, ऐसे जैसे पहले कभी न आए थे। उसे ऐसा लगा मानो किसी ने उसके हृदय को दबोच लिया

हो और गला घोंट रहा हो। यर्ने ने क्रास के सामने घुटने टेक दिए, छाती पर क्रास का चिह्न बनाया और सर को इतना झुकाया कि माथा तकिये पर जा टिका। वह प्रार्थना कर रहा था।

"परमात्मा, तू बैकुंठलोक में निवास करता है... मैं उस अधिकार

की मांग करता हूं जिसे तूने इन लोकवासियों के लिए निश्चित किया है। तूने जो कहा उसकी पुष्टि भी करेगा, जो लिखा, उसे मिटाएगा नहीं! मुझे मनुष्यों पर अब अधिक विश्वास नहीं। मुझे अब इस बात पर यकीन नहीं रहा कि मेरे भी कुछ अधिकार हैं, हालांकि मुझे तेरे शब्दों पर भरोसा है... जगद्‌पिता, तू स्वर्गलोक में वास करता है... तेरी कृपा असीम है, दीनों पर दयालु हो, मजदूर को उसकी मजदूरी दे। उस नौकर की बात पर कान दे जो तेरे न्याय का भूखा है, उसकी भूख-प्यास शांत कर। तेरे कहने भर की देर है, तेरे शब्द अमर हो जाएंगे, वे लोगों के दिलों में बैठ जाएंगे और फिर वे समझेंगे कि न्याय क्या है... स्वर्गलोक में वास करनेवाले हे परमपिता... लोगों की और अधिक परीक्षा न ले, अपनी अंगुलियों से उनके नेत्रों का स्पर्श कर, जिससे उन्हें दिव्य दृष्टि प्राप्त हो। अपने इस गुलाम की और अधिक परीक्षा न ले, क्योंकि मैं बूढ़ा और शक्तिहीन हूं, मुझे आराम दे, मैं कमजोर हूं और मेरा दिल टूट चुका है... !"

और ईश्वर ने उसे शान्ति दी। हृदय का सारा विषाद जैसे दूर हो गया और वह एक बार फिर शान्त हो गया।

यर्ने उठा। गठरी उठा कर कन्धे पर रख ली, जूते भी कन्धे पर टांग लिए, और गांठोंवाली एक लाठी हाथ में थामे बाहर निकला। दहलीज में आकर एक बार फिर उसने क्रास का चिह्न बनाया।

"किस्मत तुम्हारा साथ दे," यर्ने!" उसने मन-ही-मन कहा। "अगर भगवान की मर्जी यही है तो इस घर को छोड़ दे और मन को शान्त कर!"

उसने देखा कि दूर चरागाह के पास युवक शीतार खड़ा था।

"भगवान उसे क्षमा करें," यर्ने ने मन-ही-मन फिर प्रार्थना की और चलते समय बन्दगी कर लेने के उद्देश्य से अपना हाथ उठा दिया।

"बिना किसी घृणा या ईर्ष्या के मैं जा रहा हूं", उसने सोचा, क्योंकि दुःख से ईर्ष्या कहीं अधिक बोझिल होती है, बिना किसी घृणा

के मैं फिर लौटुंगा और तब उस बेटे की भांति, जिसने कि भूल की हो, हाथ पकड़ कर उसे घर के भीतर ले जाऊंगा।"

यर्ने एक बार फिर घूमा, उसकी दृष्टि घर पर पड़ी, खेतों पर पड़ी, चरागाह पर, मैदानों पर, दूर के ज़खीरों पर और फिर घाटी की ओर बढ़ गई।

दोलिना की अदालत की इमारत, जो एक स्क्वायर में बनी है, बड़ी सुन्दर है। इस इमारत में चारों ओर खिड़कियां हैं और सिंहद्वार पर गरुड़ पक्षी अंकित है, जो राज-मुद्रा का प्रतीक है।

यर्ने इस न्यायालय के विशाल कक्ष में प्रविष्ट हुआ। एक अजीब और विचित्र भावना उसके हृदय को आच्छादित कर रही थी। वह इस स्थान से भयभीत था। यह स्थान आक्रोश और अभिशाप, बड़े-बड़े मुकदमों, अन्यायों और मिथ्या-भाषणों से भरा था।

एक दुबला-पतला बूढ़ा क्लर्क, जिसकी कमर झुकी हुई थी, पीले काग़ज़ों का बंडल बगल में दबाए उसकी ओर बढ़ा आ रहा था।

"नमस्कार !" यर्ने ने अपना टोप उतारते हुए कहा।

"क्या चाहते हो ?" कठोर और भावशून्य दृष्टि से यर्ने की ओर देखते हुए उसने पूछा।

"मैं क्या चाहता हूं ?" यर्ने, लम्बे कदवाला यर्ने, जिसका सर छत को छूता-सा जान पड़ता था, उस कर्मचारी की ओर देख कर हंसा। "ओह, यकीन करो, मैं नहीं चाहता कि किसी को फांसी दी जाए। यदि संभव हो और बस चले तो मैं किसी को दुःख क्यों दूं ? दूसरे लोग अगर चाहें तो कसमें उठाएं, मुकदमे दायर करें, एक-दूसरे को कोसें, पर यर्ने ऐसा कभी नहीं करेगा। वह तो सिर्फ़ यह चाहता है कि उसकी बात सुनी जाए, और बिना किसी क्रोध, रोष या दुर्भावना से न्याय किया जाए।"

आश्चर्यचकित क्लर्क ने कुछ मुंह बिचका कर यर्ने की ओर

देखा।

"तुम कैसी बातें कर रहे हो? ख़ैर, तुम किसकी तलाश में हो?"

"न्यायी जज की!"

क्लर्क ने गुस्से से भर कर अपनी तर्जनी से सीढ़ियों की ओर इशारा किया और फिर अपने रास्ते चला गया।

गट्ठर और बड़े बूट कंधे पर लादे तथा हाथ में लाठी लिए यर्ने धीरे-धीरे उस अंधियारे जीने की सीढ़ियों पर चढ़ने लगा। एक किसान, जिसका कद छोटा, हट्टा-कट्टा शरीर, क्रोध से मुंह फुलाए हुए, जीने से नीचे उतर रहा था। वह अपने हाथ इधर-उधर हवा में उठाते हुए ज़ोर-ज़ोर से कह रहा था, "डाकू! लुटेरे! डाकू!"

यर्ने ने उसके इन शब्दों से काफ़ी क्षुब्ध होकर पूछा, "ये लुटेरे कौन हैं?"

यर्ने के प्रश्न की ओर कोई ध्यान दिए बगैर ही वह किसान आगे बढ़ गया।

"वह गुस्से से पागल है," यर्ने ने सर हिलाते हुए सोचा। "यह कैसी बात है कि जहां वह जजों की तलाश में आया वहां उसकी लुटेरों से भेंट हो?"

यर्ने अब एक बरामदे में आ पहुंचा। इसी असमंजस में पड़ा था कि किस द्वार को खटखटाए। सहसा एक द्वार खुला। लम्बा कद, दुबला शरीर, बकरे जैसी दाढ़ी वाला, काले कपड़े पहने एक व्यक्ति बाहर निकला और द्वार को आधा खुला छोड़ कर यर्ने के सामने से निकल गया। टोप हाथ में लिए, शर्माते हुए, किन्तु जिज्ञासा के साथ यर्ने इस कमरे में दाखिल हुआ। लकड़ी के सीखचों के पीछे, एक बड़ी मेज़ के पीछे जिस पर काग़ज़ों का भारी बोझ रखा था, जज विराजमान था। जज महोदय मोटे थे। उनका सर गंजा और मूंछें लम्बी थीं। चेहरे से चिड़चिड़ापन झलक रहा था। एक युवा क्लर्क दूसरी मेज़ पर बैठा

था। जज ने सर उठाया और कनखियों से यर्ने की ओर देखा।

"क्या माजरा है? वह क्या चाहता है?"

धीरे से यर्ने ने एक डग आगे बढ़ाया।

"मैं सत्य की खोज में हूं। अन्याय के ख़िलाफ़ दावा दायर करता हूं," उसने कहा, "और मेरा खयाल है कि मैं ठीक जगह पर आ गया हूं।"

नौजवान क्लर्क ने देखा और मुसकराया। जज को क्रोध आया।

"अच्छा, जल्दी कहो।"

यर्ने ने अपना गट्ठर और जूते एक कुर्सी पर रख दिए, कठघरे के पास आया और दोनों हाथ टेककर खड़ा हो गया।

"जज साहब," उसने कहा, "मैं बुरा आदमी नहीं, मुझे किसी व्यक्ति से—यहां तक कि उन लोगों से भी, जिन्होंने मेरा अहित किया है, कोई ईर्ष्या-द्वेष नहीं। मैं चाहता हूं कि मेरे साथ न्याय हो, पर इसका यह अर्थ नहीं है कि मैं औरों के साथ अन्याय करूं या बुराई का बदला बुराई से दूं। मैं समझता हूं कि ईश्वर भी मेरी बात का समर्थन करेगा। यही कारण है कि मैं यह नहीं चाहता कि शीतार को बोरिया-बिस्तर

बांध कर और जूते कन्धे पर रख कर फार्म से उसी प्रकार निकाला जाए जैसा कि मेरे साथ किया गया है। यह तो मैं चाहता ही नहीं कि उसे पहले हथकड़ी और बेड़ी पहना कर सारे गांव में घुमाया जाए और फिर कैद कर दिया जाए। मैं यह भी नहीं चाहता कि उसको औरों के सामने शर्मिन्दा किया जाए। बेहतर है कि वह अपने-आप ही प्रायश्चित कर ले। मैं चाहता हूं कि जो न्याय का अधिकारी है उसके साथ न्याय हो और दूसरों के साथ दया और क्षमाशीलता का व्यवहार किया जाए।"

जज और क्लर्क ने आंखें फाड़ कर देखा।

"क्या तुम पागल हो?" जज ने जोर से कहा, "क्या तुम पहाड़ी के निकट रहने वाले शीतार के नौकर यर्ने हो?"

"हां, मैं वही हूं" यर्ने ने फौरन उत्तर दिया, "कम-से-कम पिछले चालीस वर्ष से तो मैं वही हूं, पहाड़ी के निकट रहनेवाले शीतार का यर्ने! लेकिन, कल, युवक शीतार के दिमाग में एक नई सूझ उपजी। मेरा खयाल है, जज साहब, कि उसने या तो मुझसे मज़ाक़ करना चाहा या फिर मुझे परेशान करना चाहा हो। अथवा हो सकता है कि धृष्टतावश ही उसने ऐसा किया हो। ख़ैर, 'देखो, यर्ने,' उस युवक शीतार ने मुझसे कहा, 'अपना बोरिया-बिस्तर बांधो, अपनी लाठी लो और चलते बनो, बैल खरीदने नहीं, घास बेचने नहीं। अब तुम्हारी जहां जी चाहे वहां जाओ, यहां वापस न आना। तुम बूढ़े हो गए, तुम्हारे पैर कांपते हैं, कमर झुक गई है, इसीलिए जाओ।' उसने यही कहा। अब, जज साहब आप क़ानून की पोथी खोलें और मेरे साथ न्याय करें।"

क्लर्क अपने काग़ज़ों पर सर झुकाए बैठा था। मारे हंसी के उसके कंधे उछले जा रहे थे। जज रुष्ट था।

"आख़िर तुम मुझसे चाहते क्या हो? तुम यहां क्यों आये हो?"

यर्ने का मुंह तो खुला, पर शब्द एक भी बाहर न निकला।

"तुम यहां क्यों आये?" जज ने कठोर शब्दों में कहा। उसका स्वर कुछ ऐसा था मानो वह आदेश दे रहा हो। यर्ने और अधिक झुक कर पीछे हट गया।

"पर मैंने आपको सारी बात बता दी। मैंने कुछ भी झूठ नहीं कहा, और न ही मैंने सचाई को तोड़ा-मरोड़ा है। सारी घटना ठीक उसी प्रकार घटित हुई जैसी कि मैंने आपको सुनाई है, किसी और प्रकार से नहीं। मैं अधिक क्या कहूं? मैं आपको बता भी क्या सकता हूं? अब तो आप ही कुछ कहें, फ़ैसला करें; अब मुझे कुछ नहीं कहना। आप डाक्टर हैं, मैंने आपको अपना ज़ख़्म दिखा दिया, आप ही उसे अच्छा करें।"

जज की परेशानी बढ़ रही थी, उसकी दृष्टि कठोर से कठोरतम होती जा रही थी और वह नौजवान क्लर्क ज़ोर-ज़ोर से हंस रहा था।

"भले आदमी तुम मुझे जो कुछ बता रहे हो वह छूछा-पछोरने की भांति है। मेरे पास ऐसी बकवाद सुनने को समय नहीं। अगर तुम्हें कुछ कहना ही है तो उसे अभी कहो, वरना भाग जाओ।"

यर्ने इस बात को न समझ सका। उसने अपने पैरों का आसन बदला, कान खुजलाए, पर यह न सोच सका कि अब क्या कहा जाए।

"आख़िर आपकी बात का अर्थ क्या है, जज साहब? अच्छा अगर मैं किसी दुकानदार के पास तम्बाकू ख़रीदने जाऊं तो क्या वह मुझे तम्बाकू के बदले में नमक देगा? मैं आपके पास न्याय के लिए आया और आप मुझसे कहते हैं, 'तुम क्या बकते हो?'... अरे साहब, मैं नमक लेने नहीं आया... मुझे तम्बाकू चाहिए।"

दुबला-पतला और चिड़चिड़ी मुखाकृति वाला क्लर्क काग़ज़ों का और भारी पोथा बगल में दबाए कमरे में दाखिल हुआ। जज ने उसकी ओर देखा :

"देखो, कुचनिक, इस आदमी का हाथ पकड़कर ज़ीने से नीचे उतार दो और न्यायालय-भवन से बाहर कर दो।"

उसने यर्ने का हाथ पकड़ लिया और उसे इतने ज़ोर से दबाया कि वह चीख़ उठा। तब, जज को सम्बोधित करते हुए यर्ने ने कहा, "अन्यायी जज, तुझसे भी ऊपर कई जज हैं, और सबसे ऊपर ईश्वर है।"

यर्ने ने अपना बोरिया-बिस्तर और जूते कंधे पर रखे, लाठी हाथ में ली और चल पड़ा। कमरे से बाहर होने से पूर्व वह रुका, घूमा और लम्बे डग भरते हुए पुनः जज के निकट आ पहुंचा।

"अब समझा, अरे अन्यायी जज, आते समय जिस किसान से मेरी भेंट हुई थी और उसने जो कुछ कहा था, उसका मतलब अब मैं समझ गया। ईश्वर ने उसे सब कुछ जता दिया था।... यह न्यायालय नहीं, यह नरक है, शर्मनाक मुकदमों और जालसाज़ियों का घर..."

यर्ने की भाव-भंगिमा कुछ ऐसी थी मानो वह कुछ और कहना चाहता था, पर उस व्यक्ति ने यर्ने को धक्का देकर कमरे से बाहर कर दिया।

नौ

सूर्यास्त हो चुका था। यर्ने इसी चिन्ता में था कि रात कहां गुजारे। आसमान साफ़ था, गर्मी थी और मन्द-मन्द बयार चल रही थी, जिससे घास का पत्ता-पत्ता हिल रहा था और वन-विटपों से मर्मर स्वर मुखरित हो रहा था। यर्ने को लगा कि पहाड़ी की तलहटी में खड़ा सदाबहार के वृक्षों का छोटा-सा वन उसे बुला रहा है। उसके पांव उसी वन की ओर उठ चले, जो निराश प्रेमियों और गृहविहीनों का स्वर्ग था। खेतों और चरागाहों से होकर एक टेढ़ी-मेढ़ी पगडंडी उस हरे ढाल तक पहुंचती थी। यर्ने धीरे-धीरे चल रहा था। वह थका हुआ था और उसका हृदय भी दुःख से बोझिल था। दुःख भी तो असीम था, उस दुर्निवार कटुता की भांति जो एक बार आदि-पुरुष मनु पर व्यापी थी और जब मनु में यह ज्ञान भी शेष न रह गया था कि

वह अपना सर किस कोने में छिपाए।

यर्नें बड़बड़ाने लगा, "अरे, तुम लोग जो इस धरती पर बेघरबार जहां-तहां घूम रहे हो, यदि मुझसे कभी तुम्हारी भर्त्सना हो गई हो तो भी मुझसे घृणा मत करना। ओ, अभागे और निराश्रित घुमक्कड़ो, जो लम्बे रस्ते की थकान से कहीं अधिक इस दुनिया के अन्यायों से थके हैं, यदि मैंने कभी तुमको घर से निकाला हो तो अब मुझे शाप मत देना। जिस बोझ से तुम दबे जा रहे हो, मैंने तो उसे अभी उठाया ही है। पर देखो, मेरे घुटने जवाब दे रहे हैं और मेरी खोपड़ी झुक कर नाभि को चूम रही है। और जब एक दिन मैं इस बोझ को उतार फेकूंगा, जब एक न्यायपरायण व्यक्ति ईश्वरीय दंड से मुक्त हो जाएगा, तब आना। अरे तुम सब, जो दुखों और अन्यायों को झेल कर पवित्र हो गए हो, तब मेरे पास आना। भंडार खुले होंगे, मेज़ सजाई जाएगी और तुम्हारे स्वागत का प्रबन्ध किया जाएगा।''

जंगल के किनारे पहुंच कर यर्नें ने अपनी गठरी ज़मीन पर पटक दी और घास पर लेट गया। उस सुन्दर घाटी में अंधेरा छा गया था और पहाड़ी के नीचे सिकुड़ा-सिमटा बेताइनोवा ग्राम भी सोया पड़ा था। सेब के पेड़ों की ओट से शीतार का सफ़ेदी से पुता हुआ मकान झांक रहा था। यर्नें को लगा मानो घर उसे इशारों से बुला रहा हो और बड़े गर्व के साथ उसका स्वागत कर रहा हो।

"तुम भी सुख से सो जाओ," यर्नें बोला, "सो जाओ। अन्याय से ख्वाब में भी भेंट न हो। मेरा स्वागत करने के लिए तैयार रहो, अपनी पूरी सजधज के साथ एक दिन मेरा स्वागत करने के लिए! हमें एक दूसरे से शिकायत न हो। हम एक दूसरे को कटु शब्द कह कर या घृणापूर्ण दृष्टि से देखकर जुदा न हों! ईश्वर तुम्हारा कल्याण करे!"

यर्नें के विचार उच्च और उदार थे, पर उसके हृदय में शोक का पारावार न था। उसके चारों ओर नीरवता छा गई। रात भीग रही

थी। सदाबहार के पेड़ों का मर्मर स्वर सुनाई पड़ रहा था, मानो रात में विहार करनेवाली कोई आत्मा आहिस्ता-आहिस्ता कुछ कह रही हो।

"ईश्वर तुम्हें शांति और चिरस्थायी सुख प्रदान करे!" यर्ने ने प्रार्थना की, "वह दयालु है, वह न्यायी है, वह घड़ी आएगी जब तुम उसकी शान को देखोगे, और वह घड़ी मेरे लिए भी आएगी, मुझ जैसे गरीब पातकी के लिए भी।"

वह उदार विद्वान, जिससे यर्ने की सबेरे भेंट हुई थी, पगडंडी पकड़े आ रहा था, और ज्योंही उसने यर्ने को देखा सीधा उसके पास आ पहुंचा।

"अरे, यर्ने," हंसते हुए उसने कहा, "कहो घुमक्कड़ों जैसी लाठी लिए हुए तुम्हें कैसा लगता है?"

"ईश्वर ही जाने कि उसने मुझ पर इतना भारी बोझ क्यों डाला। पर मैं उसकी इच्छा का विरोध भी कैसे करूं?" यर्ने ने उत्तर दिया।

वह विद्वान यर्ने के पास ही घास पर लेट गया।

"जानते हो कि यह मेरा घर है?" वह हंसा... "काफ़ी बड़ा घर है। देखते हो, न कोई दीवाल, न कोई हद! यहां ऐसा नहीं कि पड़ोसी को जगह देने के लिए तुम्हें सिकुड़ना पड़े, यहां तो सभी के लिए पर्याप्त स्थान है और छत भी इतनी ऊंची कि चाहे जो जितना लम्बा हो, झुकने की ज़रूरत नहीं। देखो यह विशाल सम्पत्ति, न किराया देने की ज़रूरत और न कर चुकाने की।... यर्ने! हमें किसी बात की शिकायत नहीं। जब लोग अन्यायी हों तो फिर एकमात्र ईश्वर का ही आसरा है। लोग हमें लाठी पकड़ाकर एक ऐसे रास्ते पर डाल देते हैं, जिस पर चलने की हमारी कभी इच्छा नहीं होती। पर ईश्वर ने हमारे लिए इतना विशाल, भरापूरा घर खोल दिया है, वह इसे आवारागर्दों और घुमक्कड़ों के लिए ही बचाए हुए हैं।"

यर्ने ने उस विद्वान की ओर दयार्द्र दृष्टि से देखा।

"तुमको जिस अन्याय का सामना करना पड़ा वह अवश्य ही

भीषण रहा होगा, तुम्हारे हृदय में जो ज़ख़्म है वह भी बड़ा गहरा होगा, नहीं तो अपनी ही हंसी उड़ाने के लिए तुम ऐसी बात क्यों कहते, और उस ईश्वर का नाम भी कैसे लेते, जिस पर तुम खुद यकीन नहीं करते?"

विद्वान उत्तरोत्तर काले पड़ते आकाश की ओर देखता हुआ कुछ क्षण मौन रहा और फिर हंसते हुए बोला, "यर्ने, ईश्वर की कृपा तुम्हारी अपेक्षा मुझ पर अधिक रही। उसने मुझे आरम्भ में ही अन्याय दिखा दिया। पर उसने तुम्हारे साथ तो अन्त तक अन्याय किया है। मैं मुश्किल से आध घंटे ही अन्धकार में रहा, पर तुम इन तमाम चालीस वर्षों में भूल करते रहे। इससे पूर्व कि मैं अपनी मूर्खता का और अधिक परिचय देता लोगों ने मुझे बुद्धिमानी का रास्ता दिखा दिया। पर तुम चालीस वर्ष तक अन्धकार में भटकते रहे... यर्ने इतनी दूर आकर फिर पीछे लौटना बड़ा कठिन होता है। मैंने आंखें खोली ही थीं, निरा बच्चा था कि तभी से लोगों ने मुझे ठुकराना शुरू किया। जहां भी मैं गया वहीं कोई-न-कोई ठोकर लगाता रहा। पर इन ठोकरों से ही मैं यह समझ सका कि वस्तुस्थिति क्या है। यर्ने, उन्होंने ज़बरन मुझे यह सिखाया कि अधिकार सिर्फ़ उनके लिए हैं, जिन्होंने उन्हें बनाया है ...तब फिर अभियोग लगाने या दावा दायर करने, ईश्वर और मनुष्य से झगड़ा करने की भी क्या ज़रूरत? सत्य, यदि वह तुम्हारे अन्तराल में कुंठित हो चुका है तो भी अमूल्य निधि है... पर अब करना क्या चाहते हो यर्ने?"

"मैं किसी अच्छे और प्रसिद्ध जज की तलाश करूंगा। कल बड़े सवेरे मैं रवाना हो जाऊंगा, और अब तो मैं सोने जा रहा हूं।"

"अच्छा, सो जाओ, नमस्कार! पर इतना तो बता दो कि ऐसे जज की खोज कहां करोगे?"

"मैं उनके पास जाऊंगा जिनके जीवन का लक्ष्य ही न्याय और क़ानून की रूह से फ़ैसला करना है। ईश्वर ने न्याय को धरती पर भेजा

है और वह यह नहीं चाहता कि लोग उसे किसी गुप्त स्थान पर छिपा रखें। ईश्वर इसकी इजाजत नहीं देता कि लोग उसके आदेशों का उल्लंघन करें। ईश्वर न्यायी है। वह यर्ने की परीक्षा, ऐसे नौकर की परीक्षा अन्त तक नहीं लेगा जिसका उद्देश्य ईश्वरी मर्यादा का पालन करना ही रहा है।"

"यर्ने, तुम्हारा विश्वास दृढ़ है, और तुम्हें उससे वंचित करनेवाले महान् पाप के भागी होंगे। मैं लौटने तक तुम्हारी प्रतीक्षा करूंगा। मैं उस दृश्य को देखने का इच्छुक हूं जब बूढ़ा यर्ने, फटे हाल और नंगे सर बीच सड़क पर खड़ा होकर कोसेगा और कसम उठाएगा और लोगों के आश्चर्य और बच्चों के खिलवाड़ का साधन बनेगा। यर्ने, अच्छा मान लो कि ईश्वर अथवा बादशाह के यहां से भी तुम्हें न्याय न प्राप्त हो, तब लौटकर क्या करोगे?"

"अरे अविश्वासी, यदि आकाश का अस्तित्व मिट जाए, और वे तारे जो हमारी ओर ताक रहे हैं, न रह जाएं और हम-तुम भी बाक़ी न रहें, तो फिर तुम क्या करोगे? अरे, तुम कितने बड़े ईश्वर-निन्दक हो अन्याय ने तुम्हारा क्या हाल कर डाला है। प्रार्थना करो!... मैं भी भगवद्भजन करने जा रहा हूं।"

दोनों व्यक्ति आंखें फाड़े आकाश की ओर ताक रहे थे। घाटी में अन्धकार फैल रहा था। परन्तु आकाश शनैः-शनैः आलोकित होने लगा था। लोहित पूर्व में नवोदित पूर्ण-चन्द्र की आभा से तारों की टिमटिमाहट क्षीण हो चली थी।

दस

यर्ने ल्युबलियाना की ओर चल पड़ा। जेब के पैसे गिने। उसे लगा मानो वह धनी है, क्योंकि उसने हर साल लगभग एक फ्लोरिन बचाया था। रवाना होने से पहले उसने घाटी के चारों ओर दृष्टि दौड़ाई, टोप उतार दिया और क्रास का चिह्न बनाया। अभी रात बाक़ी थी, सूर्योदय नहीं हुआ था, घास ओस-कणों से भरी थी और घाटी में ठंड के साथ-साथ कुहासा छा रहा था। यर्ने को ठंड लगी, उसका चेहरा और कपड़े ओस से गीले थे, मानो पानी में भीगे, हों।

"उस विद्वान की तरह," यर्ने ने सोचा, "ओसकणों से भरे बिस्तर और इस नीलाकाश के नीचे रहने का आदी मैं अभी नहीं हुआ।"

उसने अपनी गठरी कांधे पर रख ली और खेतों तथा मैदानों को पार करता हुआ अपने रास्ते पर बढ़ चला। उसको लगा मानो थकान

मिट चुकी है और चाल में भी भारीपन नहीं है। उसका चित्त भी शान्त और प्रसन्न था।

"गाड़ी पर मैं रकम क्यों खर्च करू!" उसने मन-ही-मन सोचा, "जब-तक ये बूढ़े पैर इस काया को ढो सकते हैं, तब तक सुस्ती दिखाना या याचना करना पाप है। पर हां, अगर कोई मसीही पास आकर यह कहेगा कि "यर्नें, गाड़ी पर बैठ जा, दो आदमियों के बैठने के लिए जगह है और घोड़ी भी नई है, तो भगवान का नाम लेकर मैं उसमें बैठ जाऊंगा।"

यर्नें के मस्तिष्क में चलनेवाली यह विचार श्रृंखला अभी समाप्त हुई ही थी कि पीछे से घड़-घड़ करती हुई एक गाड़ी आ पहुंची। गाड़ी को हांकनेवाले किसान ने यर्नें के निकट आकर घोड़े की रास खींची।

"कहां जा रहे हो?"

"ल्युबलियाना!"

"चाहो तो गाड़ी पर बैठ लो गोशचेवी में उतर जाना। पर ल्युबलियाना किस काम से जा रहे हो?"

"न्याय की तलाश में।"

किसान का कद नाटा और कन्धे चौड़े थे। उसने संदेह भरी दृष्टि से यर्नें की ओर देखा।

"तुम हो कौन?" उसने प्रश्न किया।

"यर्नें, बेताइनोबा में रहता हूं।"

किसान कुछ क्षण सोचता रहा।

"बेताइनोवा में तो मैं इस नाम के किसी व्यक्ति को नहीं जानता। कौन यर्नें?"

"नौकर यर्नें। कल तक मैं शीतार के यहां था।"

"और अब तुम उस पर दावा दायर करने ल्युबलियाना जा रहे हो?"

"नहीं, मेरा मतलब है ... मैं यह नहीं चाहता कि उसे जेल में डाल दिया जाए या फांसी दे दी जाए। मैं तो केवल यह चाहता हूं कि मेरे साथ न्याय हो।"

"शीतार ने तुम्हारे साथ क्या किया?"

"मैंने उसके यहां चालीस वर्ष काम किया, और अब उसने मुझसे कह दिया कि 'भाग जाओ'।"

किसान की मुद्रा कुछ कठोर हुई, उसने घोड़े के चाबुक मारी।

"अच्छा, तो अब तुम उसके ख़िलाफ़ मुकदमा दायर करने जा रहे हो?"

"मुकदमा दायर करने! तुम्हारा तात्पर्य क्या है? अरे मैं तो जज के सामने सिर्फ़ अपना मामला रख दूंगा। मैं चाहता हूं कि मेरे साथ और दूसरों के साथ भी न्याय हो। किसी के साथ अन्याय हो, मैं यह

नहीं चाहता।"

"लेकिन, क्या तुम्हारा खयाल है कि तुम सफल होगे?"

"अवश्य! हो सकता है कि दुनिया में जज सैकड़ों हों, पर क़ानून तो सर्वत्र समान है।"

"तुम्हें कामयाबी हासिल नहीं होगी, मैं बतलाता हूं।"

यह कहते हुए किसान सहसा यर्ने की ओर इस प्रकार घूमा कि घोड़ा प्रायः खड़ा हो गया।

"सुनो, नौकर, मैं तुमको कुछ अच्छी सलाह दे रहा हूं। गाड़ी से फौरन उतर पड़ो और जहां से आए हो वहीं लौट जाओ। आज तक नौकर मालिक के ख़िलाफ़ मुकदमा चला कर न तो कभी कामयाब हुआ है और न आगे ही होगा, और यदि कहीं मालिक सच्चा हुआ तब तो नौकर के जीतने की और भी आशा नहीं। तुम बूढ़े हो चले हो, तुम्हें तो ये बातें भली-भांति समझ लेनी चाहिए। जानते हो क्या," किसान कह रहा था, "अगर कोई नौकर मुझ पर सही या ग़लत मुकदमा चला दे तो मैं क्या करूंगा? मैं दूसरे नौकरों को एक-एक मजबूत लाठी देकर कहूंगा, 'इसे इतना पीटो कि आगे के लिए यह समझ जाए कि कौन मालिक है और कौन नौकर... बह सराय नज़र आ रही है न? मुझे उससे आगे नहीं जाना'।"

यह कह कर उसने अपनी चाबुक से मैदान की ओर इशारा किया। कोई भी मकान नज़र नहीं आ रहा था।

यर्ने इस इशारे को समझ गया। अपने बूट और गठरी लेकर वह गाड़ी से नीचे कूद पड़ा और लुढ़कता हुआ 'सड़क के किनारे की खाई में जा गिरा। किसान ने चाबुक घुमाई गाड़ी खड़खड़ाती हुई धूल के बादलों में छिप गई। यर्ने कातर दृष्टि से उसकी ओर ताकता रह गया।

"यह आदमी निरा बच्चा है," उसने सोचा, "उसको खाने को रोटी और पीने को बढ़िया क़िस्म की शराब मिल रही है, वह क्या जाने भूख किसे कहते हैं। अन्याय तो कभी देखा-सुना नहीं। वह यह

भी नहीं जानता कि सचाई क्या है। पर ईश्वर उसका फ़ैसला भी अपने नियमों के अनुसार और कृपालु होकर करेगा।"

सूर्य तेजी से आसमान में चढ़ता चला आ रहा था। प्रखर किरणें यर्ने को भूलने लगीं। गर्मी के कारण वह जल्दी ही थक गया। एक घंटे चला, दो घंटे चला, पर अब पैर मानो अकड़े जा रहे थे। दूर किसी गिरजे में बजनेवाली दोपहर की घंटियां सुनाई दे रही थीं। यर्ने भूखा था, पर उसे न तो अर्से तक इन्तजार करना पड़ा और न देर तक तलाश ही करनी पड़ी, क्योंकि सड़क के किनारे उसे एक सफ़ेद सराय नज़र आई।

सराय की बैठक में सिर्फ़ दो व्यक्ति थे। एक नौजवान किसान, जो सुबह से शराब पीकर मस्त रहता और तमाम दिन काहिली के साथ गुजारता था। दूसरा दुबला-पतला छोटे क़द का एक बूढ़ा व्यक्ति था। उसके बाल पक गए थे, चीथड़ों से तन ढके हुए यह वृद्ध अकार्दियन बजाते हुए मदिरापान सम्बन्धी गीत गा रहा था। उन दोनों को देखकर यर्ने का जी भारी हो गया। उसने सर्वप्रथम उनसे बन्दगी की और फिर फ़र्श पर बैठ गया।

"यहां आओ !" नौजवान किसान ने यर्ने को बुलाया।

यर्ने ने जान-बूझकर उसके बुलावे की ओर ध्यान नहीं दिया, वह उनके पास बैठा तक नहीं। दूसरी मेज़ पर जा बैठा।

"तो क्या हम बदमाश हैं जो तुम्हें हमारे पास बैठना तक पसन्द नहीं ?" किसान ने अपनी मुद्रा शांत और संयत बनाने का प्रयत्न करते हुए पूछा, "और जा कहां रहे हो, चाचा ?"

"ल्युबलियाना।"

"क्या अदालत को ?"

"हां, मुकदमा दायर करने।"

"आप सफल हों। किन्तु आप दावा किस पर दायर करने जा रहे हैं ?"

"अपने मालिक पर !"

"क्या?"

"अपने मालिक पर, जैसा कि लोग कहते हैं, उस किसान पर, जिसने मुझे यह कहने पर गाड़ी से उतार दिया, और मेयर पर भी।"

"तुम क्या कह रहे हो? तुम उस पर क्या आरोप लगा रहे हो?" उस नौजवान किसान ने लड़खड़ाती हुई जबान से फ़ौरन कहा। इस युवक को इतना प्रसन्न देखकर यर्ने को आश्चर्य हुआ।

"क्या? अरे मैंने अर्से तक काम किया। एक दिन था कि मैं जवान था, अब मैं बूढ़ा हूं, और इसीलिए अब उसने मुझसे कह दिया कि, भाग जा!"

"हा! हा!" किसान जोर से हंस पड़ा और उसने बूढ़े गायक के कन्धे पर ज़ोर का हाथ मारते हुए कहा :

"सुन रहे हो, एंड्रू, सुना तुमने नौकर मालिक पर मुकदमा दायर करने जा रहा है।"

बूढ़े ने घुटनों के बीच अकार्दियन को ज़ोर से दबाया, बाजे से ज़ोर की चीख़ निकली और वह बूढ़ा इस प्रकार ठठाकर हंसा कि उसकी आंखों से आंसू बह निकले। मारे हंसी के सांस फूलने लगी, किसान खांसने लगा और गायक की ओर अंगुली से संकेत करते हुए बोला, "उसे देखो! उसके दिमाग में यह बात कभी नहीं आई कि मुझ पर दावा दायर करे, क्योंकि वह समझदार है, जानता है कि क्या सही है और क्या ग़लत। कुछ साल पहले मैंने उसे नौकरी से निकाल दिया–सदा के लिए भगा दिया–इसलिए कि मुझे ऐसा ही ठीक जंचा और वह अब ख़ुश है, उसे मुझसे कोई शिकायत नहीं, मैं उसके साथ जो चाहूं करूं, मैं उस पर हंस सकता हूं, और चाहूं तो चुटकी भी काट सकता हूं।"

यह कहते हुए उसने उस बूढ़े की बांह में इतने ज़ोर से चुटकी काटी कि वह बच्चे की भांति चीख़ उठा, मुंह चुचियाते हुए घुटने ठोड़ी से लगा दिए... फिर दोनों जोर से हंस पड़े।

शराब का गिलास पकड़े हुए यर्ने के हाथ बराबर कांप रहे थे। शराब ख़त्म हुई।

"अरे नास्तिको, तुमने अपने को गिराने के साथ-साथ ईश्वर की मूर्ति को भी गन्दा कर दिया।"

यर्ने तुरन्त चल देने को तैयार हुआ। गट्ठर कन्धे पर रख कर वह बाहर हो गया। खुली खिड़की से होकर आनेवाला उन शराबियों का ठहाका उसे अब भी सुनाई दे रहा था...

अब सड़क चौड़ी थी। दूर, सामने यर्ने को नगर पर छाए, 'धूल के बादल' दिखाई दे रहे थे। एक औरत गोदी में एक बच्चे को चिपकाए यर्ने की ओर आ रही थी। उसके पैर सीधे नहीं पड़ रहे थे, जैसे वह नशे में हो। औरत ज़ोर-ज़ोर से रो रही थी। बच्चा भी, दोनों हाथ मां की गर्दन में डाले, रो रहा था। उस महिला ने यर्ने को अपनी सूजी हुई आंखों से देखा और चीख़ने लगीं।

"भले आदमी, चाहे तुम कोई भी हो, मुझे समझाओ ! क्या यही न्याय है ?"

उसने अपने बच्चे को संभाला और उसका मुंह उठा कर यर्ने को दिखलाया। बच्चा ख़ूबसूरत था पर उसकी आंखें सुर्ख थीं, ज्योतिहीन।

"भले आदमी," उसने रोते हुए कहा, "न्याय कहीं नहीं, ईश्वर के यहां भी नहीं। क्या मेरे बच्चे ने ईश्वर के सामने, उसके भक्तों के सामने कोई अपराध किया था जिसके कारण उसे अपने मां-बाप को भी देखने से वंचित किया गया, जिन हाथों ने मेरे निर्दोष बच्चे को अन्धा बनाया वे नष्ट हो जाएं। मेरा बच्चा, इतना निश्छल, फिर भी इतना शापित ! बोलो भले आदमी ! क्या स्वर्ग में या इस पृथ्वी पर कहीं न्याय नहीं ?"

उसने बच्चे को फिर अपनी छाती से चिपका लिया, रोने लगी और अपने रास्ते चली गई।

यर्ने ने अपना सर झुका लिया।

ग्यारह

ल्युबलियाना काफ़ी बड़ा नगर है। ऊंचे-ऊंचे मकान हैं जो, सीधी कतार में, एक दूसरे से सटे इस तरह बने हुए हैं कि दो मकानों के बीच ज़रा भी जगह नहीं छूटी। सड़कें लोगों से खचाखच भरी रहती हैं और ऐसा जान पड़ता है मानो लोगों की भारी भीड़ गिरजे में आयोजित किसी बड़ी प्रार्थना में भाग लेने जा रही हो, अथवा कोई बड़ा जुलूस निकल रहा हो। पादरियों की संख्या तो इतनी अधिक है कि अगर सबसे सलाम करने लगें तो सारा दिन टोप हाथ में लिए-लिए ही गुजर जाए। सुबह से शाम तक गिरजों की घंटियां बजती रहती हैं। ऐसा जान पड़ता है मानो मेला लगा हो। सारे दृश्य को देखकर आदमी भौंचक-सा रह जाता है। क्या देखे क्या न देखे, कहां जाए कहां न जाए और किससे बात करे अथवा किससे नहीं।

इस विचित्र नगर को आंखें फाड़-फाड़ कर देर तक देखता हुआ यर्ने सड़कों पर घूमता रहा। इसके बाद वह एक गिरजे में गया, किनारे की एक वेदी के आगे घुटने टेककर बैठ गया और बड़े भक्तिभाव से प्रार्थना की। गिरजे में पूर्ण अन्धकार था। यर्ने को लगा जैसे वह इस एकान्त में ईश्वर के सामने खड़ा उससे बातें कर रहा है। उसकी प्रार्थना पूरी हुई। एक बार फिर उसका आत्म-विश्वास दृढ़ हो गया।

"मार्ग भले ही लम्बा हो," उसने सोचा, "रास्ता भले ही कठोर और कंटकाकीर्ण हो, पर एक-न-एक दिन उसका अन्त तो होगा ही, एक दिन ऐसा आएगा जब द्वार खुलेंगे। ईश्वरी न्याय कंजूस के धन की भांति गुप्त नहीं। हो सकता है कि मैं सौ दरवाज़े खटखटाऊं और मेरा परिश्रम व्यर्थ जाए पर एक द्वार ऐसा होगा जो खटखटाते ही खुल

जाएगा।"

यर्ने फिर बाहर सड़क पर आ गया। बगल से गुजरते हुए एक नागरिक से उसने पूछा, "यहां जज लोग कहां बैठते हैं? मुझे उनके आगे अपना मुकदमा पेश करना है।"

उस व्यक्ति ने बड़े आश्चर्य से यर्ने की ओर देखा और फिर मुसकराते हुए बोला, "बाबा, अच्छा हो कि तुम किसी वकील की तलाश करो जो तुम्हारी पैरवी कर सके।"

"मेरे अधिकारों की बात जब इतनी खुलासा है कि उसे अंधा भी देख सकता है और बहरा भी सुन सकता है तब भला वकील की क्या दरकार? मैं किसी भेड़ या गलियारे के झगड़े को लेकर दावा दायर करने नहीं आया, मैं किसी को धोखा देना नहीं चाहता। तब मैं वकील क्यों करूं? मैं कोई क़ानूनी मुकदमा दायर करना नहीं चाहता। मैं तो सिर्फ़ न्याय की खोज में आया हूं।"

"मेरे दोस्त, न्याय पाने में तुम्हें काफ़ी अर्सा लगेगा। न्याय की खोज करने के लिए अनेको निकले... अनेक लोग थे और सभी बीच में ही गिर गए और यहां तक कि ईसा मसीह को भी अन्यायी जजों के कारण क्रास पर लटकना पड़ा।"

इतना कह कर वह व्यक्ति मुसकराता हुआ आगे बढ़ गया।

"इस व्यक्ति को भी अन्याय का सामना करना पड़ा है," यर्ने ने सोचा, "क्योंकि उसने हंस करके अपनी रुलाई को छिपाया है।"

काफ़ी अर्से तक वह लोगों से पूछता-जांचता सड़कों पर घूमता रहा। आख़िरकार उसे जिस चीज़ की तलाश थी, वह मिल गई।

काफ़ी बड़ा और ऊंचा भवन था, ऐसा विशाल भवन यर्ने ने अपने जीवन में पहले कभी नहीं देखा था। डर-डर कर कदम बढ़ाते हुए वह उस भवन में दाखिल हुआ। लोग बड़े कमरे में से आ जा रहे थे। इधर उधर, कोई ज़ीना चढ़ता तो कोई उतरता, शहर के लोग और किसान, औरत-मर्द सभी। यर्ने की समझ में नहीं आ रहा था कि

किस ओर जाए—दाएं, बाएं, सामने या ऊपर। एक व्यक्ति उसकी ओर आ रहा था। यर्नें ने पहले तो उसे सलाम किया और फिर पूछा कि जज कहां बैठते हैं। उस आदमी ने यर्नें की ओर देखा तक नहीं। कन्धे उचका कर आगे बढ़ गया। यर्नें टोप हाथ में लिए बड़े हाल में ही खड़ा रहा। समझ में नहीं आ रहा था कि क्या करे। सहसा ज़ीने के ऊपर एक स्वर सुनाई पड़ा। पुरुष का स्वर गंभीर था और स्त्री चीख़-सी रही थी।

"डाकू ! बदमाश !"

लम्बे डग बढ़ाते हुए एक पुरुष और एक स्त्री ज़ीने से नीचे आ रहे थे। क्रोध से उनके चेहरे तमतमा रहे थे। औरत अच्छे कपड़े पहने हुए थी। रुमाल में बंधी एक पोटली उसके हाथ में थी। पुरुष के हाथ में गांठदार छड़ी थी जिसे वह पत्थर की सीढ़ियों पर टेकता हुआ नीचे उतर रहा था। ज़ीने के ऊपर कहीं से एक स्वर सुनाई पड़ रहा था। वह किसी भद्र पुरुष की आवाज़ थी, क्योंकि काफ़ी मधुर और नम्र थी। वह कह रहा था, "संभल कर बात बोलो, कहीं बाद में पछताना न पड़े !"

यर्नें का हृदय किसी अज्ञात भय से भर गया। वह धीरे-धीरे, जैसे किसी भारी बोझ से दबा जा रहा हो, ज़ीने की ओर बढ़ा—किसान की छड़ी टेकने की आवाज़ अब उसके कानों में पड़ रही थी।

"उसने भी तो कहा था," यर्नें ने विचार किया, "कि जज खोजने निकला पर बदमाशों के बीच में आ फंसा।"

ज़ीने की ऊपरी सीढ़ी पर पहुंचकर यर्नें रुक गया। उसे यह पता न था कि अब किधर जाए। इन्तज़ार करने लगा कि शायद कोई आकर यह पूछेगा ही कि आख़िर वह यहां क्यों आया। दरअसल, बगल से गुजरते हुए एक नौजवान ने यर्नें को घूर कर देखा। यर्नें गठरी और जूते हाथ में लिए खड़ा था। युवक ने ठिठक कर पूछा :

"क्या चाहते हो ?"

"बताता हूं। मुझे ज्ञात नहीं कि अब किस ओर जाना है। न्यायालय इतना विशाल है। भला जज कहां मिलेंगे?"

युवक हंसने लगा।

"बाबा, यहां कई जज हैं," वह बोला, "आप किस जज से और क्यों मिलना चाहते हैं?'

"मैं न्यायी जज से मिलना चाहता हूं, मुझे उसके नाम या शक्ल से कोई मतलब नहीं। मैंने चालीस साल काम किया, मकान बनाया, घर-गृहस्थी जुटाई। अब, मुझे बताओ—सेब के पेड़ किसके हैं। उस आदमी के, जिसने कि उन्हें लगाया और कलम बांधी, या कि उस आदमी के जिसने राह चलते हुए पके सेब चुन लिए हों?... क्योंकि मुझसे कहा गया है, तुमने चालीस साल काम किया, तुमने घर बनाया, घर-गृहस्थी जुटायी, अब जाओ दुनिया देखो और अपने अधिकारों की खोज करो। मैं निराश नहीं हुआ, अपने अधिकारों की तलाश में निकला, और इसीलिए यहां आया हूं। दोस्त, मैं कहां जाऊं? बताओ, मैं कौन-सा द्वार खटखटाऊं, यहां अनेक द्वार हैं?"

यर्ने के पास अब अकेला वह युवक ही नहीं बल्कि दो और आ गए थे। सभी हंस रहे थे।

यर्ने को उनकी हंसी बुरी लगी, बड़े तीखे शब्दों में बोला, "तुम इतने आदमी मेरे सामने खड़े हो सभी पढ़े-लिखे हो, मैंने जो कुछ पूछा उसका जवाब दो न!"

एक दुबले-पतले क्लर्क ने, जिसके दाढ़ी थी और जो चश्मा लगाए हुए था, अपनी दाढ़ी खुजलाई और हंसा।

"क्या तुम्हारे नाम सम्मन जारी किया गया है?"

"सम्मन? नहीं! मैं अपनी मर्जी से अपने अधिकारों की तलाश में आया हूं। जब इस मामले को और कोई जानता ही नहीं तब फिर मेरे नाम सम्मन कैसे जारी किया जा सकता है? मैं पहले बताऊंगा तब तो बाद में वे फ़ैसला करेंगे।"

"क्या अर्जी दावा तैयार कर लिया है?"

"किसलिए? मैं किसी पर कोई अभियोग तो नहीं लगाता। मैं चाहता हूं कि मेरे साथ न्याय हो, पर किसी के साथ अन्याय हो यह भी नहीं चाहता। चाहे किसी ने कितना बड़ा गुनाह क्यों न किया हो, पर मैं यह नहीं चाहता कि मेरी वजह से किसी को फांसी दी जाए या जेल में डाला जाए। मुझे ऐसे वकील की भी दरकार नहीं जो विवेकशून्य होकर मेरे दावे की अर्ज़ी तैयार करे। जज पढ़ सकते हैं। हां, उनके कान भी हैं और सुन भी सकते हैं। बताओ मैं किधर जाऊं?"

उन्होंने हास्यपूर्ण दृष्टि से एक दूसरे को देखा। दाढ़ीवाला क्लर्क फिर हंसा।

"मेरे साथ आओ," उसने कहा, "मैं तुम्हें न्यायी जज तक पहुंचाए देता हूं।"

यर्नें उसके साथ चल पड़ा। दूसरे भी, जो बातें सुन रहे थे, उनके पीछे हो लिए।

बारह

वे एक द्वार के पास पहुंचे। द्वार खुला हुआ था। कमरे में बड़ी मेज़ के पीछे, एक युवक विराजमान था। उसकी मूंछें सुन्दर थीं और आंखों से प्रसन्नता झलक रही थी। उसने नज़रें ऊंची कीं। लम्बे कदवाले यर्ने और उसके मार्ग-दर्शकों को देख कर उसे आश्चर्य हुआ। दाढ़ीवाले क्लर्क ने अपने कन्धे तक हाथ उठा कर अंगूठे से यर्ने की ओर संकेत करते हुए आंख दबा कर हंसते हुए कहा, "कोशिर, तुम मज़ाकिया व्यक्ति हो। यह व्यक्ति, इस विशाल विश्व में निष्पक्ष जज की तलाश कर रहा है। मैं इसे तुम्हारे पास लाया हूं। इसे समझाओ कि सेब का पेड़ किसका है—जिसने लगाया उसका, या जिसने उसके फल बीने?"

इस प्रकार उसने दैवी न्याय का उपहास उड़ाने का साहस किया।

युवक जज हंसा नहीं, इसके प्रतिकूल उसने अपनी सुन्दर भौंहें सिकोड़ लीं।

"यह कैसा मज़ाक़? भले आदमी तुम कौन हो और किससे मिलना चाहते हो?"

यर्ने करीब आ गया।

"मैं बेताइनोवा में रहता हूं। मेरा नाम यर्ने है। मेरे साथ बड़ा अन्याय हुआ है। मैं उस न्याय की तलाश में दुनिया भर में भटक रहा हूं, जिसे ईश्वर ने इस दुनिया के लिए बनाया है और जो जजों की किताबों में लिखा है।"

"तुम्हारे साथ क्या हुआ? तुम किसके ख़िलाफ़ मुकदमा दायर करनेवाले हो और क्यों?"

मैं किसी के ख़िलाफ़ दावा दायर नहीं कर रहा, उसकी कोई ज़रूरत भी नहीं, और न मैं यही चाहता हूं कि किसी को दुःख पहुंचा कर मुझे मेरे अधिकार दिलाए जाएं। मैं यह भी नहीं चाहता कि दूसरे सिर्फ़ इसलिए भूखे मरें, जिससे कि मुझे खाना मिल सके... अब मैं सारी घटना ज्यों-की-त्यों आपको सुनाता हूं—बात इतनी सीधी-सादी है कि एक बच्चा भी आसानी से उसे समझ सकता है। फिर आपके लिए, जो विद्वान हैं और क़ानून जानते हैं, यह बात और भी आसान है... मैंने बेताइनोवा में चालीस साल तक काम किया, वहां के खेतों या चरागाहों में चप्पा भर भी ज़मीन बाकी नहीं, जो मेरे ख़ून-पसीने से तर न हो। इन लम्बे चालीस वर्षों तक मैंने काम किया और ईश्वर ने मेरी मेहनत सफल की... तब, बूढ़ा शीतार, पुराना मालिक मर गया और अब उसका बेटा बदमाश, नशे में चूर होकर अपमान भरे शब्दों में कहता है, 'यर्ने अब इस सबका एक मात्र मालिक मैं हूं। अपना बोरिया-बिस्तर बांध कर इस घर को छोड़ दो। तुम्हारा काम हो चुका, तुम बूढ़े हो गए, मरने के करीब हो, इसलिए अब मैं तुमको अधिक समय तक नहीं रखना चाहता। जिस घर को तुमने बनाया, हर आपदा

से जिसे बचाया, उसी घर में अब तुम्हारे लिए ठौर नहीं। जो रोटियां तुमने पकाईं, उनमें से अब मैं एक टुकड़ा भी तुमको नहीं दे सकता, हाथ में लाठी थाम लो और जहां जी चाहे जाओ!' उसने इस ढंग से बात की और इस प्रकार उसने यह कह कर कि सेब के पेड़ उसके हैं, जिसने फल बटोरे न कि उसके हैं जिसने पौधे लगा कर कलम तैयार की, न्याय और नियम के ख़िलाफ़ काम किया। यही कारण है कि मैं उस न्याय की खोज में निकल पड़ा जिसे ईश्वर ने इस धरती पर भेजा है और जिसे कोई भी इंसानी ताकत रोक नहीं सकती। अब फ़ैसला कीजिए!"

यर्ने ने सच्चाई को बिना तोड़े-मरोड़े बड़ी दृढ़ता के साथ और आहिस्ते से अपनी बात कही थी। युवक जज ने सब कुछ सुना और फिर शोक भरी दृष्टि से उसकी ओर देखा।

"बेताइनोवा लौट जाओ," आख़िरकार जज ने कहा, "उस कठोर और अन्यायी मालिक के पास जाओ, और उससे कहो, 'न्याय करो, दया करो, अपने घर में मुझे ठौर दो, और चूंकि अब मैं बूढ़ा हो गया हूं, इसलिए रोटी का एक टुकड़ा मुझे भी दो।' इस प्रकार उससे कहो। निस्सन्देह, वह अपने किए पर पश्चात्ताप करेगा और यह महसूस करके कि उसने कितनी बड़ी भूल की है तुम्हारी प्रार्थना को स्वीकार कर लेगा।"

यर्ने इन शब्दों को सुनकर स्तब्ध रह गया। काफी देर तक चुप रहने के बाद उसने पूछा, "क्या? आप जज हैं?"

"हां, मैं जज हूं।"

"और क्या आपने दैवी कानून के अनुसार ही फ़ैसला किया है?"

"हां!"

यर्ने का झुका हुआ शरीर अकड़ कर सीधा हो गया—जज और द्वार पर खड़े उन काहिल नौजवानों के कद से उसका कद ऊंचा हो गया था।

"और मैं आपको बताता हूं, जज महोदय," वह चिल्ला उठा,

"आपने दैवी या इंसानी न्याय के अनुकूल बात नहीं कही। क्या ईश्वर का न्याय यही है कि जिस बिस्तर को मुलायम और आरामदेह बनाने में मुझे चालीस साल लगे उस पर कोई काहिल आकर लेटे? क्या ईश्वरी आदेश यही है कि वह यर्ने, जिसने सुन्दर मकान बनाया हो, अब सड़क के किनारे किसी खाई में गिर कर मरे! अपनी पोथियां खोलो! मैं पढ़ तो नहीं सकता, पर मैं उन काले अक्षरों को देखना चाहता हूं, जिनमें ईश्वर का यह आदेश लिखा गया है। मुझे वे किताबें दिखाओ, मैं उनकी काली जिल्दें देखना चाहता हूं। मुझे बताओ क्या उनमें यही लिखा है कि, 'तुमने मेहनत की, अपने ख़ून से तुमने धरती को उपजाऊ बनाया, जिससे उसमें काफ़ी अनाज पैदा हो, हरी-भरी घास उगे लेकिन अब चूंकि तुम्हारे शरीर में खून बाक़ी नहीं रहा, इसलिए भाग जाओ।' क्या यही लिखा है कि 'मैं, जिसने अपने परिश्रम से अनाज के भंडार भर दिए, अब गांव-गांव में भटकूं, एक के बाद दूसरा दरवाज़ा खटखटाता फिरूं, गांववालों के लिए सर दर्द बन जाऊं, घरों की रखवाली करनेवाले कुत्ते मुझे देख कर भूंकें, और मैं रोटी का एक-एक टुकड़ा मांगता घूमूं?' मुझे यह समझाइए! और यह भी कि मेरे उसे परिश्रम का क्या हो, उसे कहां रखूं? वह धरती में कई हाथ नीचे गड़ा है। उसे कैसे खोदूं? और यदि खोद भी सकूं तो उसे लपेट कर गठरी बना कर कंधे पर रख कर कैसे ले जाऊं? अपना चालीस साल का परिश्रम, मैं उसे कैसे रखूं कि वह मेरे इस बुढ़ापे में काम आए? इस गठरी को देखो—बस, इसी में मेरे तमाम कपड़े और अन्य कुछ वस्तुएं हैं। चालीस साल! क्या आप महसूस कर सकते हैं कि कितने हफ्ते और कितने घंटे हुए? मेरा दिमाग कुन्द हो गया है। मैं जल्दी में हिसाब तो नहीं लगा सकता, पर मुझे समझाएं। क्या इन वर्षों के इतने ही घंटे और दिन बने कि रविवार को पहनने के लिए एक जोड़ी कपड़े और कुछ मोटी कमीजें ही उस मेहनत का वाज़िब पुरस्कार मानी जाएं? अगर आप यह कहते कि "अच्छे काम

की अच्छी मज़दूरी तो मैं अवश्य कहता कि आप वैसे ही जज हैं, जैसे जजों को ईश्वर पसन्द करता है।"

तरुण जज पर यर्ने की बात का गहरा असर हुआ। उसका हृदय भर आया और उसने यर्ने के धूप से काले और झुर्रियोंदार चेहरे, धूल भरे जूते और गन्दे कपड़ों पर नज़र डाली।

"न्याय का विरोध न करो, चाहे वह कैसा भी क्यों न हो," जज ने कहा। "मनुष्य ने ही उसे बनाया है, मनुष्य ने ही उसे शक्ति और अधिकार दिया है। यदि वह तुम्हें कोड़े भी लगाता है तो उसके सामने पीठ ही रखो और ईश्वर पर भरोसा करो। यदि कभी उसका स्वरूप ऐसा विकृत हो जाए कि तुम न्याय और अन्याय में कोई फ़र्क़ न कर सको, तो भी मुंह फेर लो और उसका रास्ता बचा जाओ। इस बात पर पुनः विचार करके मैंने जैसे कहा है वैसा ही करो। भगवान तुम्हारा भला करेगा!"

यर्ने यद्यपि भयभीत था तथापि उसने बड़े आश्चर्य से जज की ओर देखा।

"तो क्या न्याय कहीं नहीं? आपने भी उसे त्याग दिया क्या?"

जज खामोश था।

"अब समझा," यर्ने बोला, "तुमने न्याय की इस इमारत में कैद कर रखा है, जिससे वह दुनिया में फैल न सके। तुमने उसे दुहरे किवाड़ों के भीतर डाल रखा है, दुहरे ताले लगा रखे हैं, जिससे मैं उस तक पहुंच न सकूं। तुमने उसे चुरा कर अपने लिबास के भीतर छिपा रखा है, ताकि जो आंखें उसे ढूंढ़ रही हैं वे उसे देख न सकें ...पर तुम यर्ने को भी नहीं जानते। मैं उसकी तलाश करूंगा चाहे वह धरती में उतनी ही गहराई में क्यों न दफना दिया गया हो, जितनी गहराई में मेरी मेहनत दबी पड़ी है। मैं फावड़ा लूंगा, तब तक धरती को खोदता रहूंगा जब तक मेरे ये बूढ़े हाथ ही जवाब नहीं दे देते...दोलिना में मेरी भेंट एक किसान से हुई थी। उसने कहा था कि तुम 'लुटेरे' हो। अपनी मूर्खतावश मैंने यही सोचा था कि वह गलत कहता

होगा। जज भले होते हैं, किसान ने ही गलत सुना या देखा होगा। तब मैंने उसकी बात पर कोई ध्यान नहीं दिया था। अपने रास्ते चला आया... दुबारा आज यहीं मैंने एक मर्द और एक औरत की बातें सुनीं, जो तुम्हें 'लुटेरे' कह रहे थे और मैंने फिर सोचा, "वे लुटेरे कैसे हो सकते हैं, यह तो न्याय और क़ानून का घर है। पर कितनी बड़ी भूल थी मेरी। नहीं, यह न्यायालय नहीं, यह उस झूठ, पाखंड और डकैतियों का अड्डा है, जिसकी रचना तुमने की है। तुम ईश्वर के शब्दों और नियमों के नहीं, शैतान, और उसके अन्याय के चाकर हो। मैंने बड़ी भूल की जो अब तक ग़लत रास्ते पर ही चलता रहा, पर अब सही रास्ता सूझने ही वाला है।"

यर्ने का स्वर तेज़ होता गया, बेकार बैठे क्लर्कों की भारी भीड़ जमा हो गई थी। एक गंजा बूढ़ा और नाटे कद का व्यक्ति, जो वहां से गुजर रहा था, दरवाज़े के सामने आकर ठिठका और कठोर शब्दों में बोला, "जैसे गड़रिया खेतों में शोर मचाता है, यहां कौन चिल्ला रहा है?"

यर्ने, उसकी बात की ओर कोई ध्यान दिए बिना ही कहता रहा, "मैं नहीं चाहता कि मेरी वजह से किसी के साथ अन्याय हो, पर मैं अपनी शिकायत तो अब करूंगा। अब बोलूंगा, अब कहूंगा कि तुम लोग जज नहीं बदमाश हो। कहूंगा कि यह न्यायालय नहीं बल्कि पाखंड का अड्डा है। कहूंगा कि तुमने अपने अत्याचारों से इसे भ्रष्ट कर दिया है... इसके लिए तुम्हें फांसी तो नहीं दी जाएगी, पर हां, तुम्हें यहां से भगा दिया जाएगा। अपना बोरिया-बिस्तर कांधे पर लाद कर और लाठी हाथ में लेकर तुम निकल जाओगे, इस भ्रष्ट अड्डे को इस प्रकार ढहा दिया जाएगा, चौरस कर दिया जाएगा कि पत्थर के ऊपर पत्थर भी रखा नज़र न आएगा।"

यर्ने इस प्रकार कहता जा रहा था। मारे क्रोध के उसका सारा शरीर कांप रहा था।

तेरह

और तब यर्ने के साथ जो अन्याय हुआ वह अभूतपूर्व था। बड़ी मूंछोंवाला एक व्यक्ति उसके पास पहुंचा और उसकी बांह पकड़ ली।

"मेरा हाथ क्यों पकड़ते हो?" यर्ने ने पूछा।

"विरोध मत करो, यर्ने, न्याय जैसा कहता है वैसा करो," उस तरुण जज ने कहा।

छोटे कद वाला गंजा आदमी द्वेषपूर्ण दृष्टि से देख रहा था। वह अधीर हो रहा था और उसके चेहरे पर शिकन पड़ गई थी।

"उसके साथ इतनी हिमायत क्यों?" वह चिल्ला उठा, "क्या उसे देखते नहीं, उसकी बातें नहीं सुन रहे?"

हांफते हुए, यर्ने ने एक भी शब्द नहीं कहा और चुपचाप

उस व्यक्ति के पीछे हो लिया। बरामदा पार करके ज़ीने के रास्ते वे सब नीचे चले गए। न्यायालय के बाहर आकर यर्ने रुका और जो व्यक्ति उसे पकड़े लिए जा रहा था उसकी ओर घूम कर बोला :

"डाकुओं के अड्डे से तो हम बाहर आ गए, सच-सच बताइए, आपका इरादा क्या है, मुझे क्या करेंगे ?"

सबने उसकी ओर कठोरता से देखा, पर किसी ने उत्तर न दिया। ऐसा अन्याय देख कर यर्ने का हृदय भर आया और जब वह भवन के द्वार से गुजर रहा था तब सहसा उसे ऐसा प्रतीत हुआ मानो वह और बूढ़ा हो गया है। बूढ़ा और कमर झुकी हुई।

"भले ही आप बदमाश और गए-गुजरे किस्म के लोग हों," उसने बड़ी नम्रता से कहा, "बोलिए! बतलाइए भला मेरा इस तरह से अपमान क्यों कर रहे हैं? न्याय के बारे में डाकू के भी अपने विचार हो सकते हैं, और क़ानून भी हो सकता है। वह अकारण न तो किसी को जान से मारता है और न किसी को लूटता है। मैंने आप लोगों का क्या बिगाड़ा ?"

उन्होंने उसकी ओर बड़ी कठोरता से देखा पर कोई उत्तर न दिया।

"सुनो, बदमाशो, भले ही तुम जवान और ताकतवर हो, यर्ने बूढ़ा और कमजोर है, पर तुमको इस चौगान में भुट्टे की तरह बिछा सकता है और घूंसे के जोर से अपने अधिकारों की रक्षा कर सकता है। पर न्याय उस पके फल की तरह नहीं कि पत्थर मार कर गिराया जा सके। ईश्वर ने मेरे लिए जो रास्ता बनाया है वह लम्बा है, उसने मुझ पर जो बोझ लाद दिया है वह भारी है, पर मैं अपने ही रास्ते जाऊंगा, उस बोझ को ठिकाने तक पहुंचाऊंगा।"

यर्ने की इस बात में उतना ही आत्मविश्वास भरा था, जितना अपार कि उसका शोक था!

यर्ने को जो लोग लिए जा रहे थे, उन्होंने एक दरवाज़े का ताला

खोला। यर्ने को उस कोठरी में धकेल कर द्वार का ताला फिर बन्द कर दिया गया। यर्ने अब एक अंधेरे कमरे में था। उसमें ऊबड़-खाबड़-सी एक मेज़, दो छोटी चारपाइयां और दो चौड़े बेंच पड़े थे। दीवालों पर भी कोई सजावट न थी। वह बिल्कुल शून्य, अन्धे नेत्रों की भांति प्रतीत

हो रही थीं। कोने में क्रास पर चढ़ी ईसा मसीह की कोई मूर्ति भी न थी। दरवाज़े में लोहे की मोटी छड़ें लगी हुई थीं।

एक खाट पर चीथड़ों में लिपटा हुआ एक व्यक्ति बैठा था–बूढ़ा था या जवान, राम जाने। उसके छितरे बाल इधर-उधर बिखर रहे थे। उसके चेहरे पर, बकरे के मुंह की भांति बाल थे जो बढ़ कर ठोढ़ी के नीचे छोटी दाढ़ी के रूप में लटक रहे थे। उसने आंखें मटकाते हुए बड़ी प्रसन्नता से यर्ने का स्वागत किया।

"नमस्कार, आगन्तुक! भला तुमने क्या चुराया?"

घूर कर बड़ी शोकसूचक दृष्टि से उसकी ओर देखते हुए यर्ने

दूसरी चारपाई की ओर बढ़ गया। अपनी गठरी, बड़े बूट और टोपी खाट पर रख दी और लाठी को कोने में खड़ा कर दिया।

चीथड़ों में लिपटा हुआ वह व्यक्ति बराबर हंस रहा था और यर्ने से काफी घुलता-मिलता, उसका नजदीकी-सा बनता जा रहा था। लेकिन था वह ऐसा वाहियात व्यक्ति की शायद रास्ता चलते समय उससे मिलना भी कोई पसन्द न करता।

"अरे, बूढ़े बाबा! बोलते भी नहीं। अगर हमें अपने पापों का फल भुगतना पड़ रहा है तो यह न्याय है। हमें उस न्याय से ख़ुश होना चाहिए, फिर चाहे, वह मीठा हो या कड़वा, और जजों की तारीफ़ के गीत गाने चाहिए।"

यर्ने दूसरी खाट पर घुटनों पर दोनों कुहनियां टेक और हथेलियों पर मुंह रख कर बैठ गया।

"तुम्हारे साथ कौन-सा अन्याय हुआ है?" यर्ने ने पूछा। बदमाश जोर से हंस पड़ा।

"कैसा अन्याय? बिल्कुल नहीं, मैंने चोरी की, पकड़ा गया, और यहां लाकर बन्द कर दिया गया। सब ठीक है और होना भी यही चाहिए। तुम्हारा क्या ख्याल है कि अगर मैंने रुपया चुराया हो तो वे मुझे ऐसा करने के लिए और रुपए इनाम में देते? यही काफ़ी है कि उन्होंने मुझे खाना और पानी दिया–हालांकि खाना बहुत अच्छा नहीं, बिस्तर भी गुदगुदा नहीं, लेकिन, जब मैं आवारागर्दी की तरह घूमता और चोरी करता था तो हालत इससे भी पतली थी। इसलिए मैंने सारी स्थिति पर बार-बार विचार किया और अब मैं अपने हाल पर ख़ुश हूं। पर तुम्हारा क्या हाल है? क्या तुमने हाल में ही, इस बुढ़ापे में, हाथ आजमाना शुरू किया है, जो इतना मुंह बिचकाते हो?"

यर्ने सर नीचा किए बैठा रहा। कोई उत्तर न दिया। बदमाश अपनी मस्ती में कहता जा रहा था, "पाप का भारी बोझ आत्मा को दबोचे रहता है, उस बोझ को वहीं पड़ा रहने दो, दफनाया हुआ और

बन्द! पश्चात्ताप, हां, चाहो, तो करो, पर चिन्ता न करो, कभी नहीं। मुझे देखो! मैं दुष्ट, दुःखी प्राणी, ईमानदार लोगों के रास्ते की एक अड़चन! लेकिन, मैं कभी चिन्तित नहीं होता। कल और परसों मेरा क्या होगा? कल वे मुझे सजा सुनाएंगे, अगले दिन जेल में बन्द कर देंगे, और जब छूटूंगा तब वे मुझे कहां भेजेंगे? वहां भेजेंगे, दुनिया में किसी ऐसी जगह, जहां मेरे जाने की कोई आवश्यकता नहीं। उस गांव में जो चारों ओर से पहाड़ों से घिरा होने के कारण उन्हीं के बीच में ओझल हो गया होगा, उस गांव में जहां ईश्वर ने खिलवाड़-खिलवाड़ में ही मुझे रच डाला था... मेरे पिता, माता, भाई या पड़ोसी कौन और कहां हैं? नहीं कोई नहीं। वहां सभी लोग जंगली हैं जो मेरे प्रति शहरवालों की अपेक्षा कहीं अधिक निर्दयी हैं।... उनके बारे में किसी को क्या पता? उनकी बोली भी कौन समझता है?... वे मुझे वहीं भेज देंगे इस बहाने से कि मैं यह जानना चाहूंगा कि मेरी जन्मभूमि कैसी है। केवल ईश्वर ही बता सकता है। परन्तु वे कह सकते हैं, 'तुम उसी दूरस्थ इंडीज के निवासी हो और हमेशा वहीं रहो।'... पर मैं ल्युबलियाना का ही निवासी बना रहना चाहता हूं... मेरे लिए ल्युबलियाना ही उचित स्थान है और तुम? तुम्हें कहां भेज रहे हैं?"

"भेज रहे हैं, मुझे?" यर्ने बोल उठा, "कहीं नहीं। मेरा घर है और मेरे अधिकार भी।"

उस बदमाश ने पैर उठाए और फिर टांग-पर-टांग चढ़ा कर खूब जोर से हंसा।

"तो फिर तुमने चोरी क्यों की? चुराया, क्या?"

यर्ने तन कर बैठ गया, दोनों हाथ घुटनों पर रख लिए। "मैंने कुछ नहीं चुराया। मैं न्याय की तलाश में हूं, और मुझे मिलेगा भी। बदमाशों ने उसे छिपा रखा है, और मुझे यहां लाकर बंद कर दिया है। पर समय आएगा जब द्वार खुलेंगे।"

इधर वह बदमाश यर्ने की बातों पर इस प्रकार हंस रहा था जैसे कोई बूढ़ा किसी बच्चे की बात पर हंसता है।

"और उन्होंने तुम्हें कैद कर रखा है, और द्वार खुलेगा?"

वह व्यक्ति बराबर हंस रहा था, हंसी के मारे उसका सारा शरीर हिला जा रहा था। यद्यपि उसका मुंह खुला हुआ था तथापि ठहाके का एक भी स्वर बाहर नहीं निकल रहा था।

"अच्छा मुझे यकीन है कि तुमने चोरी नहीं की। जो न्याय पर भरोसा रखता है वह न तो चोरी ही करेगा और न हत्या ही। पर तुम्हारा दुर्भाग्य, कि तुम, निर्दोष होते हुए भी, न्याय के रास्ते में आए। न्याय की देवी बड़ी कठोर और यथार्थवादी है। तुम उसकी इच्छा के विरुद्ध काम करो यह उसे पसन्द नहीं। यद्यपि निर्दोष हो तुम, तथापि यदि न्याय की देवी तुम पर हत्या का आरोप लगाती है, तो तुमने हत्या की है। इसमें सन्देह नहीं, अगर वह तुम पर चोरी का आरोप लगाती है तो तुमने दोनों हाथों से चोरी की है। तुम कसमें खा सकते हो कि तुमने न तो हत्या की है और न कुछ चुराया ही है, तो भी तुम्हें संकट झेलने पड़ेंगे। बुद्धिमानी इसी में है कि अपराध स्वीकार कर लो। किसी मिथ्या अपराध को–किसी काल्पनिक डकैती को भी स्वीकार कर लो क्योंकि ऐसा करके ही तुम यह साबित कर सकोगे कि तुम बड़े नम्र हो और किए पर पश्चात्ताप करते हो... न्याय की देवी ऐसे लोगों को पसन्द करती है, फिर चाहे वे कितने ही बड़े पातकी क्यों न हों। मेरी बात सुनो और जैसा मैंने किया वैसा ही करो। मैं न्याय के साथ बड़ी अक्लमन्दी से निर्वाह करता हूं, हम दोनों की पड़ोसियों की भांति निभती है, जो कभी-कभी झगड़ते भी हैं। ठीक है, पर दोनों में एक दूसरे के प्रति सद्भावना रहती है। आज न्याय मुझे दुख दे रहा है, कल मेरी बारी आएगी, और इस प्रकार हम दोनों ही संतुष्ट रहते हैं। मैंने चाहे कोई ग़लती न भी की हो, पर न्याय के निर्णय को मान कर फौरन ही उसकी गिरफ्त में आ जाता हूं। इस प्रकार हम दोनों का पिंड

एक दूसरे से छूट जाता है। हम बुद्धिमानों का न्याय के साथ निभने का यही तरीका है। चाहे तुम निर्दोष ही क्यों न हो, न्याय की देवी से झगड़ा मत करो... अब बताओ तुम्हारे साथ क्या हुआ। संभव है कि मैं तुम्हें कोई सलाह दे सकूं।"

यर्ने ने आपबीती कह सुनाई। वह बदमाश इतना हंसा कि उसकी आंखों से आंसू बह चले। आंखें फाड़-फाड़ कर वह यर्ने की ओर आश्चर्य से इस प्रकार देख रहा था मानो किसी तमाशे में उसे कोई हब्शी दिख गया हो। वह झूम रहा था और घुटनों पर हथेली से ताल दे रहा था।

"अच्छा यर्ने, जब वे तुम्हें रिहा कर दें तो मेरे साथ आ जाना। मैं तुम्हें दुनिया दिखाऊंगा, हम मेलों में जाएंगो, गांव के त्यौहारों के दृश्य देखेंगे, और मैं तुम्हें गिरजाघरों के द्वार पर भी लोगों को दिखाऊंगा। हम जीवन के बाकी दिन गुज़ारेंगे और उसी बीच संभव है कि जिस न्याय को तुम खोज रहे हो वह भी तुम्हें मिल जाए। न्याय की देवी भी हमारे साथ होगी, वह भी हमारे साथ मेलों-ठेलों की सैर करेगी। तब, बंजारों को अपनी सिरकी उठा कर भागना पड़ेगा, मदारी को अपने बंदर-बंदरिया को लेकर दूर जाना पड़ेगा, ऊंटों की कोई बात भी न पूछेगा और लोग भालू से घृणा करेंगे। हम तीनों—तुम, न्याय की देवी और चतुर आदमी मैं—खूब पैसा कमाएंगे और खूब हंसी-खुशी से रहेंगे।

यर्ने पत्थर की तरह शांत और निश्चल था। हां, उसके चेहरे पर गांभीर्य और शोक के चिह्न अंकित थे।

"ईश्वर को लालच मत दो," यर्ने बोला, "उसने तुम्हारे कन्धे पर जो बोझ डाला है वह भारी हो सकता है। तुम्हारा दिल इतना कठोर हो गया है कि बिना विचारे तुम ईश्वर की निन्दा में ऐसे शब्द कहते हो। तुमने अन्याय ही देखा है, न्याय कभी जाना ही नहीं और इसीलिए तुम न्याय पर यकीन ही नहीं करते। तुमको रोटी के बदले पत्थर मिले।

शायद इसीलिए तुम यह मान बैठे कि दुनिया में रोटी नाम की कोई चीज़ ही नहीं। ईश्वर ने न्याय बनाया है। उसके शब्द बारिश की उस फुहार की तरह नहीं जो आकाश से धरती पर पड़ते ही सूख जाती है। ईश्वर के शब्द पहले की तरह आज भी गूंज रहे हैं और तुमको, अगर उन शब्दों पर भरोसा है तो उनकी भनक तुम्हारे कानों में पड़ेगी और तुम्हारे सारे दुःख दूर हो जाएंगे।"

उस बदमाश की हंसी बन्द थी और वह आंखें फाड़े यर्ने की ओर मन्त्र-मुग्ध सा देख रहा था।

"दोस्त, तुम मेरे साथी बनने के काबिल नहीं। ऐसे उचक्कों की काली छाया में भी दर्शन न हों, इस आशय से मैं रात में भी अपना मुंह दीवाल की ओर फेर लूंगा... लेकिन, एक बात कह दूं कि तुम्हारी बातों से मुझे सांत्वना नहीं मिली। अगर तुम्हारी बात मैं सुनता और अगर तुम्हारे ही सिद्धान्त को मैं भी अपना लेता तो, मेरे दोस्त, जानते हो मैं क्या करता? मैं सीधा जाता और सबसे पहले, जितने जज हैं, उनको, और क़ानून–क़ायदे चलाने में इन जजों की मदद करनेवाले सभी लोगों को कत्ल कर देता। इनके साथ ही कुछ ऐसे लोगों को भी मौत के घाट उतार देता जो जन्म से ही मेरे दुश्मन रहे हैं। इसके बाद मैं घर में भी आग लगा देता और कहता, देखो! ईश्वरी न्याय धरती पर आ गया है, मैंने उसके शब्द सुने हैं, उसकी आज्ञा का पालन किया है।... तुम्हारे सिद्धान्तों पर अगर चलता तो मुझे विवश होकर यही करना पड़ता। लेकिन, ईश्वर ने मुझे अपना दूत बनाकर नहीं भेजा। मैं तो भिखारी बना रहना ही अच्छा समझता हूं। अगर न्याय मुझे मारता है तो मैं उसका उपहास करूंगा। बस, इतना ही! अच्छा बन्दगी! भगवान एक दिन तुम पर भी रहम करेगा। तुम भी घुटने टेकोगे और रोओगे, यर्ने बोला... "दिल को हंसने के बजाय रोने से कहीं अधिक शांति और सान्त्वना मिलती है। आंसुओं की धार में सारे पाप, सारे अन्याय धुल जाते हैं।"

रात हो चली थी। यर्ने और उसके साथी की बातचीत बन्द हो गई। उस बदमाश ने, हताश होकर दीवाल की ओर मुंह फेर लिया। यर्ने बिस्तर के आगे घुटने टेक कर बैठ गया और काफ़ी देर तक भगवद्-भजन करता रहा। थकान से वह चूर-चूर था, अन्तर के बोझ से वह झुककर धरती से जा लगा था, पर उसका विश्वास अटल था।

चौदह

दूसरे दिन प्रात:काल यर्नें ने अभी आंखें खोली ही थीं कि वे लोग उसे लेने आ पहुंचे। यर्नें को यह भी पता न था कि वे उसे कहां ले जाएंगे।

"बोलो, पैगम्बर, बोलो!" बदमाश ने सींखचों के भीतर से आवाज़ दी। यर्नें कोठरी से बाहर हो चुका था। कोठरी का द्वार बन्द हो गया। उसने बदमाश की बात पर ध्यान न दिया। आदेशानुसार सर झुकाए हुए यर्नें खामोश चला जा रहा था।

"तुम मुझे कहां लिए जा रहे हो? भगवान के लिए इतना तो बता दो।"

यर्नें को कोई उत्तर न मिला। जो लोग उसे लिए जा रहे थे उन्होंने गुस्से से उसकी ओर देखा, उसी भांति जैसे ईसा के पहरेदारों ने ईसा

को देखा था।

यर्ने डरा तो नहीं पर उसका दिल किसी अपशकुन की आशंका से और दिमाग दुःखद विचारों से भर गया। उसको लगा मानो रात भर में ही उसका मन दुर्बल हो गया है और आंखों की रोशनी तथा सुनने की शक्ति भी क्षीण हो गई है। उसकी समझ में नहीं आ रहा था कि आख़िर उसने उन बदमाशों का, जिनको वह जानता-पहचानता तक नहीं, क्या बिगाड़ा है। वे उसके साथ ऐसा दुर्व्यवहार क्यों कर रहे हैं, उसे एक जगह से दूसरी जगह क्यों घसीटते फिरते हैं? वह इस बात की भी कल्पना न कर सका कि आख़िर इतनी निर्दयता पूर्वक, एक शब्द भी कहे बिना, वे उसे कहां लिए जा रहे हैं। वह न्याय का भूखा था। वह यह भी न जान पाया कि आख़िर वे उसके साथ करना क्या चाहते हैं।

"क्यों," वह सोच रहा था, "आख़िर मैं इस अनजाने नगर में आया ही क्यों, ऐसे लोगों के बीच में क्यों आ पड़ा, जिनकी भाषा, जिनके क़ानून-क़ायदे मैं खुद नहीं समझता? इनसे कोई बात पूछो उसका जवाब न देंगे, इनका अभिवादन करो, कोई जवाब न देंगे, इनका न्याय तुम्हारे न्याय जैसा नहीं... लेकिन यर्ने बराबर सोच रहा था, "ईश्वर की मर्जी के बगैर कुछ नहीं होता.. न्याय की गली काफी ढालू और कंकरीली-पथरीली है।" अपने इसी विश्वास को लिए यर्ने अपने उत्पीड़कों के पीछे सर झुकाए चला जा रहा था। उसे यकीन था कि एक दिन उसके दुखों का अन्त होगा। ईश्वर अपने स्वामिभक्त नौकर की ओर से हमेशा के लिए आंख फेर कर बैठा नहीं रहेगा।

लोग उसे लिए जा रहे थे। उसे एक के बाद दूसरे जज के पास ले जाया गया, ठीक उसी तरह जैसे लोगों ने ईसा को एक के बाद दूसरे धर्म-गुरु के पास घुमाया था। उन्होंने उससे सवाल किए, उसने सवालों का जवाब दिया। हर बार बिना किसी तरह की धृष्टता या गुस्से के उसने सच बात ही कही। अदालतों के कई अफसरों और

जजों को उसने देखा, उन्होंने भी उसकी ओर कठोरता से देखा, रुखाई से बात की और उसे भगा दिया। लोग उसे एक के बाद दूसरे द्वार तक घसीटते रहे। उसने कोई उज्र न किया, किसी तरह की धमकी भी न दी। उसका दिल साफ़ और विश्वास अटल था। उन्होंने जब उसके साथ ऐसा बर्ताव किया जैसा कि लोग बेवकूफों या बच्चों के साथ करते हैं, तब भी उसने कोई विरोध नहीं किया। न्याय की खातिर उसने उपहास और घृणा बर्दाश्त की, कोई आपत्ति न की। जब यह कहा गया कि उसका दिमाग़ ख़राब है और वह जाहिल बच्चे की तरह है, तब भी उसने कोई शिकायत नहीं की।

"ईश्वर उन्हें सद्बुद्धि देगा और क्षमा करेगा," यर्नें ने सोचा, "जब मैं अपने लक्ष्य को प्राप्त कर लूंगा, जब न्याय मिल जाएगा, तब वे एक दूसरे को देखकर अपने किए पर खुद शर्मिन्दा होंगे, अपनी भूल स्वीकार करेंगे। ईश्वर ने और किसी सत्य पर पर्दा नहीं डाल रखा। उसने अकेले न्याय को छिपा रखा है। निस्सन्देह ईश्वर की इच्छा भी है कि ज्ञान का प्रकाश फैलने तक ये लोग जड़ता के अंधकार में भटकें।"

उसको आशा थी। केवल शरीर से वह बूढ़ा और कमजोर था। अन्याय के बोझ से उसकी कमर झुक गई थी। यर्नें को अन्त में जब एक जज के सामने पेश किया गया तो उसकी गर्दन और कमर दोनों झुकी हुई थीं, हाथ कांप रहे थे, घुटने भी जवाब दे रहे थे, और वह बोझ, जिसे अब तक उसने कभी महसूस न किया था, असह्य प्रतीत हो रहा था... नौ दिन तक वे उसे एक अदालत से दूसरी अदालत तक दौड़ाते रहे, एक जज के बाद दूसरे जज के सामने पेश करते रहे और उसे एक अन्याय के बाद दूसरे अन्याय के दर्शन होते रहे। नौवें दिन, उन्होंने उसे खूब तंग किया था और लुटेरों तथा बदमाशों के साथ बन्द कर दिया था।

यर्नें को एक अधीर, बूढ़े और कठोर जज की अदालत में पेश

किया गया था। जज को देखने मात्र से डर लगता था।

"भगवान के नाम पर तुम यहां से चले जाओ, और याद रखो तुम्हारी शक्ल दुबारा दिखाई न दे!" जज ने कहा। यर्ने हिले-डुले और पत्थर की मूर्ति-सा सीधा खड़ा था। जज की ओर वह भयभीत-सा ताक रहा था।

"क्या? मेरी दुःखद यात्रा का अन्त यही है? आपका अंतिम फ़ैसला क्या यही है?" यर्ने ने पूछा। उसकी आवाज़ में कम्पन था, मानो कोई घोर पापी ईश्वर के सामने खड़ा हो, "तब, श्रीमान्, मुझे यह सब कष्ट क्यों? आपने मेरा क्या किया?"

"तुम्हें खुद शर्म आनी चाहिए कि बुढ़ापे में इस तरह आवारागर्दी करते घूमते हो और शहर के रहनेवालों तथा किसानों को तंग करते रहो। अपने घर लौट जाओ, भगवान का भजन करो और मौत का इन्तजार करो।"

यर्ने, आंखें फाड़े हुए, उस कठोर जज के और पास जाकर धीमे तथा विनीत स्वर में बोला :

"शायद मैंने आपकी बात ठीक से नहीं सुनी... या, हो सकता है कि मैं उसे समझ नहीं सका, क्योंकि मैं बूढ़ा हूं। साफ सुन नहीं सकता और बातें याद नहीं रहतीं। क्या आपने आख़िरी बात बस यही कही कि भाग जाओ और यहां दुबारा शक्ल न दिखाना? और आप कहते हैं कि यह फ़ैसला आप ईश्वर और बादशाह के नाम पर सुना रहे हैं।... और यही सुनाने के लिए आपने मुझे चारों ओर लुटेरों के साथ बन्द रखा। इतने दिन तक सोच-विचार करने के बाद क्या इसी बुद्धिमानी का परिचय देने के लिए... मैं दुखी होकर, पर बड़ी उम्मीद के साथ इन्तजार करता रहा और आप अपने कमरे में बैठे मेरे सीधेपन की हंसी उड़ाते रहे... क्या सचमुच मैंने आपकी बात ठीक से नहीं सुनी? आप इतना अन्याय तो नहीं कर सकते। जज, आपका न्याय ऐसा तो नहीं हो सकता।"

"भागो! निकल जाओ, रास्ता नापो। न्याय से झगड़ो मत," जज बोला, "खुदा का शुक्र करो कि तुम्हें पागलखाने में न भेज करके, क्योंकि तुम्हारे लिए उपयुक्त स्थान वही है, तुम्हें एक मसीही की भांति खाट पर मरने की छूट दी जाती है।"

"तुमने एक बूढ़े का उपहास किया है," यर्ने चिल्ला उठा। जज की बात से उसे दुःख हुआ और उसका दिल बैठ गया, "ईश्वर तुम्हें क्षमा करे," यह कहते हुए वह अदालत से बाहर हो गया।

नौ दिन तक यर्ने न्याय करनेवालों के दरबार में न्याय की खोज में लगा रहा। लेकिन अब न्यायालय का अहाता पार करते हुए उसे ऐसा लगा कि उसकी कमर काफ़ी झुक गई है, वह बूढ़ा हो गया है और उसका सर चकरा रहा है। अदालत से निकल कर जब यर्ने सड़क

पर पहुंचा तो काफ़ी दिन बाक़ी था। यर्नें को अजीब शक्लें नज़र आईं। ऐसा एक भी व्यक्ति न दिखाई पड़ा जिसकी सहानुभूति उसे प्राप्त हो सकती। इतना बड़ा शहर अन्यायी जजों से भरा पड़ा था। सभी ने यर्नें को बदमाश समझा, किसी ने उससे बात तक न की। किसी ने उसके साथ न्याय न किया। अपने भय और शोक में यर्नें ने यही महसूस किया कि एक ईश्वर को छोड़कर बाक़ी सभी उससे किनारा कर चुके हैं।

थोड़ा आराम करने और तरोताजा होने के लिए वह शराब के ठेके में घुस गया। दीवाल पर उसने एक सुन्दर तस्वीर लटकती देखी। उस तस्वीर को देखते ही उसमें हर्ष और आशा का संचार हो गया। यह तस्वीर बादशाह की थी। चेहरे से न्याय परायणता और दया टपक रही थी।

"न्याय की तलाश में ग़लत रास्ते पर क्यों गया?" यर्नें ने सोचा। "निकला तो था गिरजाघर में पहुंच कर प्रार्थना करने के उद्देश्य से, पर वहां जाने के बजाय चोरों और लुटेरों के गिरोह में जा फंसा... ईश्वर ने मुझे सही रास्ता दिखाया, लेकिन मैं गलियों और पगडंडियों में चक्कर काटता रहा। मैंने उसे कोसने की धृष्टता की। मूर्ख ही जो ठहरा। प्यास से मर रहा था, लेकिन साफ़ चश्मे का पानी पीने के बजाय मैंने गन्दे पोखरे का पानी पिया। परन्तु अब मुझे सही रास्ते का पता चल गया, भगवान का शुक्र है।"

क्षण भर भी आराम किए बिना ही वह उठ खड़ा हुआ, गठरी कन्धे पर रखी और बादशाह से भेंट करने को चल पड़ा।

पन्द्रह

दुःखद विचारों से यर्ने का मस्तिष्क चकरा रहा था... इतना सब होने के बाद, क्या यह सम्भव है कि सोते में भी, जो स्वच्छता का स्रोत है, साफ पानी न हो, कि सूर्य प्रकाशहीन हो और उस स्थान पर भी, जो न्याय का आदि-स्रोत है, न्याय न हो?"

बूढ़े और शिथिल यर्ने के लिए यह रास्ता था बहुत लम्बा। वह अपरिचित प्रदेश और अपरिचित गांवों को पार करता हुआ पैदल यात्रा कर रहा था। सन्ध्या समय, जब द्वाभा का प्रकाश खेतों में फैल रहा था, यर्ने के पैर जवाब दे चले। वह विवश होकर सड़क के किनारे गड़े हुए मील के पत्थर पर बैठ गया। ठीक उसी समय एक युवा यात्री उसके निकट पहुंचा। इस व्यक्ति के पैरों में जूते न थे, धूल से भरा

था, और शायद भूखा भी था। लेकिन उसके नेत्र उल्लास से चमक रहे थे।

"दादा, कहां जा रहे हो?"

"बादशाह से मिलने।"

"ओह! बादशाह जिस नगर में रहता है वह तो यहां से बहुत दूर है, और आप थक गए हैं। अगर आप रात-दिन बराबर चलते रहें तो भी वहां पहुंचने में कम-से-कम एक हफ्ता लगेगा।"

"मरने से पहले मुझे वहां पहुंचना है।"

"पर आप बादशाह से मिलने क्यों जा रहे हैं?"

"मैं उनसे न्याय करने को कहूंगा, और कहूंगा कि जिन लोगों ने मेरा मज़ाक उड़ाया है उनको दंड दिया जाए और सबक सिखाया जाए।"

युवक ने उस बूढ़े, झुके हुए और दुःखी व्यक्ति की ओर देखकर अविश्वास से सर हिलाते हुए कहा, "आप कभी सफल न होंगे, बादशाह तक पहुंचना बड़ा कठिन है।"

"कठिन? क्यों?" यर्नें ने आश्चर्य से कहा, "बादशाह न्याय की मूर्ति है। अगर न्याय वहां नहीं तो फिर और कहां होगा? तुम क्या यह चाहते हो कि मैं भिखमंगों के पास भीख मांगने जाऊं? दरअसल अपनी बेवकूफी से ही मैंने अपना उपहास कराया। परन्तु मैं उन लोगों को दोष नहीं दे सकता। अब तो मैं उसी के पास जाऊंगा जो गरीबों और भूखों के साथ न्याय करता है।"

"दादा, उनसे तुम्हारी भेंट कभी न हो सकेगी।"

"क्यों? क्या वह गगनचुम्बी दीवालों या पहाड़ जैसे ऊंचे अहातों के भीतर रहते हैं?"

"सिपाही पहरा देते हैं और किसी को उनके पास पहुंचने नहीं देते।"

"क्या? वे बादशाह से भी अधिक शक्तिशाली हैं, क्या वे

मालिक के भी मालिक हैं? अपनी अज्ञानतावश तुम यह क्या बक रहे हो?... न्याय की तलाश में निकला हूं, वह मुझे बादशाह के पास ही मिलेगा। वह न्याय करता है, क्षमा करता है, पर सीखचेदार दरवाज़ों, दीवारों या बाढ़ के पीछे बैठकर वह ऐसा कैसे कर सकता है? मैं चलता रहूंगा, ईश्वर ने मुझे आशा बंधाई है कि अपने लक्ष्य तक पहुंचने से पहले मैं नहीं मरूंगा।"

यर्ने की बात सुनकर युवक गहन शोक में डूब गया।

"दादा, रस्सा लम्बा और दुःखदायी है। यह मार्ग ऊंचे-ऊंचे पहाड़ों और दूर-दूर तक फैले मैदानों में से होकर जाता है। मैं एक महीने से बराबर चल रहा हूं, यदा-कदा थोड़ा आराम कर लेता हूं, पर मेरे पैरों की हालत देखो। और तुम घर से अभी मुश्किल से सौ कदम ही चले होगे कि थक कर मील के पत्थर पर बैठ गए हो। मुश्किल से सौ कदम और चलोगे कि लड़खड़ा कर सड़क के किनारे की नाली में गिर पड़ोगे... तुम्हारे पास जो पैसा है उसका उपयोग करो और रेल से सफर करो। और जब शाही नगर में पहुंच जाना तथा वहां जब तुम्हें जीवन का महान् दुःख देखने को मिल जाए तब मुझे याद कर लेना। संभव है कि खोज करने पर तुम्हें कुबेर का कोष मिल जाए, पर न्याय भी मिल सकेगा, इसमें सन्देह है।"

यह कहते हुए वह नवयुवक चलता बना। यर्ने कातर दृष्टि से उसे देखता रहा।

"निरा बच्चा, कितना उदार," यर्ने ने सोचा, पर वह भी अन्याय के बोझ से दबा है। उसकी मां कहां? दर-दर भटक रहा है, गिरे हुए पत्ते के समान जिसकी परवाह किसी को नहीं, जिसको हर कोई ठुकराता है... वह शायद् अब भी अपनी मां की याद करता होगा जो उसके लिए बिलख रही होगी, क्योंकि उसने कहा, "इस संसार में, यहां तक कि बादशाह के यहां भी न्याय नहीं।"

यर्ने जब उठ कर खड़ा हुआ तो उसे ऐसा महसूस हुआ मानो

वह अस्वस्थ और भयभीत है। उसके पैर पत्थर की तरह जड़ हो गए थे, घुटने अकड़ गए थे और उससे चला नहीं जा रहा था।

"मैं घर से खुवों तक जाता था। अभी मुश्किल से उतनी ही दूरी तय की होगी पर अब यदि मैं सौ कदम और चलूंगा तो ज़रूर गिर पड़ूंगा।"

यर्ने के कन्धों पर अब केवल उसकी गठरी ही नहीं वरन् अन्याय का बोझ भी था। लम्बे और कष्टपूर्ण दिनों का भारी भरकम बोझ भी उसे पीछे डाल रहा था, इतना भारी मानो आधी दुनिया टूट कर उसी पर आ पड़ी हो।

अन्धेरा हो चुका था। यर्ने गांव के बाहर एक सराय में पहुंचा। सराय के मालिक ने सन्देह भरी दृष्टि से उसे देखा और उसकी बीवी ने बड़ी अनमनी होकर उसका स्वागत किया। बीमार और धूल से भरा हुआ यर्ने उस भिखारी जैसा जान पड़ता था, जो इतनी रात बीते लेटने या हमेशा के लिए सो जाने के उद्देश्य से पुआल के दो पूरे के सिवाय और कुछ न मांगता।

"मुझे इस प्रकार मत देखो, डरो मत," यर्ने ने मेज़ पर चांदी के कुछ सिक्के रखते हुए कहा, "मैं यात्री हूं। नौकरों से न्याय न पाकर अब उसके लिए मालिक के पास जा रहा हूं।"

"तुम कहां जा रहे हो?" सराय के मालिक ने पूछा।

"उस नगर को जहां बादशाह रहता है। शाही नगर वियना को खुद बादशाह के पास," यर्ने ने उत्तर दिया, "लोगों ने मेरे अधिकारों को स्वीकार नहीं किया, उन्होंने मेरे साथ न्याय नहीं किया। बादशाह ही मेरे साथ पूरा न्याय करेगा।"

सराय का मालिक और उसकी पत्नी एक दूसरे को देख कर कुछ मुसकरा उठे।

यर्ने के पैरों में छाले पड़ गए। उसने जूते उतार दिए, ताकि कुछ आराम मिले। वह बैठा था। उसकी रक्तहीन सफ़ेद झुकी हुई, सूखी,

भद्दी अंगुलियां कांप रही थीं। मानो वह सौ साल का बूढ़ा हो और कब्र में पैर लटकाए बैठा हो।

"मेरे लिए रोटी का एक टुकड़ा और एक गिलास शराब ला दो," उसने सराय के मालिक से कहा। "मैं यहीं इसी बेंच पर पड़ रहूंगा। हां, कल सवेरे मुझे रेलवे स्टेशन तक पहुंचाने के लिए अपनी गाड़ी तैयार रखना... मैं इतना बूढ़ा और थका हुआ हूं कि शाही नगर तक

पैदल जा सकना मेरे लिए नामुमकिन है। ऊंचे-ऊंचे पहाड़ों और विस्तृत मैदानों को पार कर सकना मेरे सामर्थ्य के बाहर है।"

उसने चटपट रोटी खाई और बेंच पर लम्बा पड़ रहा। तत्काल ही वह ऐसी प्रगाढ़ निद्रा में डूब गया मानो उसके शरीर में अब जान बाकी न हो और सारे विचार सदा के लिए शान्त हो गए हों।

यर्ने की महान् यात्रा शुरू हुई।

दूसरे दिन सबेरा होते ही सराय का मालिक उसे घोड़ा-गाड़ी

पर बिठाकर एक विचित्र नगर को ले गया। बड़े और प्रायः जन-शून्य मुसाफिर–खाने में वह प्रतीक्षा करता रहा। आख़िरकार उसका नम्बर आया और वह डिब्बे में जा बैठा। रेल के उस डिब्बे में अंधेरा था, दुर्गन्ध आ रही थी। सीटों पर अजनबी लोग बैठे थे और ज़ोर-ज़ोर से बातें कर रहे थे। किसी ने उसका अभिवादन नहीं किया। उन्होंने कनखियों से उसकी ओर इस प्रकार से देखा जैसे वह किसी गैर के कमरे में घुस आया हो। शर्माते हुए वह एक किनारे पर बैठ गया और गठरी को अपने घुटनों पर रख ली। एक झटका लगा, पहिये लुढ़के, ब्रेकों से चूं-चू का स्वर निकला और गाड़ी चल पड़ी। यर्ने ने सर से टोपी उतार ली और क्रास का चिह्न बनाया।

"हे भगवान्," उसने प्रार्थना शुरू की, "मेरी अन्तिम यात्रा सफल हो। मेरे अधिकार अब तुम्हारे हाथ में हैं, तुम्हीं उनकी रक्षा करना।"

"कहां जा रहे हो?" यर्ने के पास बैठे यात्री ने प्रश्न किया। "वियना!"

यात्री ने यर्ने को, उसके जीर्ण-शीर्ण और धूल से भरे कपड़ों को, घुटनों पर रखी हुई गठरी को और कन्धे पर टंगे हुए जूतों को बड़े आश्चर्य से देखा।

"वियना किस लिए जा रहे हो?"

"बादशाह से भेंट करने।"

यर्ने की इस बात से यात्री हंस पड़े।

"भाई, अपनी कहानी सुनाओ, कहो।"

और जब यर्ने ने उनको अपने अधिकारों और कष्टपूर्ण यात्रा की कहानी सुनाई तो वे सब इतने ज़ोर से हंसे मानो किसी शेखचिल्ली की कहानी सुन रहे हों।

"मैं कोई मज़ाकिया गाना नहीं गा रहा, और न नाच रहा हूं," यर्ने गुस्से से चिल्ला उठा, पर वे सब और ज़ोर से ठहाका मार कर हंसने लगे।

"अच्छा भाई, यह बताओ कि जब तुम बादशाह के सामने पहुंचोगे तब क्या करोगे? क्या कहोगे? बताओ। तुम्हारी बातों से थोड़ा समय ही कटेगा।"

यर्ने झुंझलाकर बोला, "तुम कैसे आदमी हो? कहां पैदा हुए हो? कहां के रहने वाले हो तुम, जो न्याय का इस प्रकार मज़ाक़ उड़ाते हो, मानो वह कोई शराबी हो? किस ईश्वर की पूजा करते हो, जो उसके नियमों का ऐसा उपहास करते हो?"

यात्रियों का कौतूहल बढ़ा और वे सब यर्ने को इस प्रकार देखने लगे मानो वह किसी नुमाइश का कोई अजीब प्राणी हो। यर्ने के पास बैठे हुए यात्री ने अपनी जेब टटोली और एक बोतल निकालकर यर्ने के आगे रख दी।

"लो, थोड़ी सी ब्रांडी पी लो, जिससे बात करते-करते थको नहीं। तुम्हारे किस्से बड़े दिलचस्प हैं।"

यर्ने ने न तो ब्रांडी की बोतल ली और न ही उसने कोई जवाब दिया। बस गुम हो रहा।

"क्या हो गया? इस दुनिया पर रहनेवालों को क्या हो गया है?" उसने विचार किया, "क्या वे अन्याय के दास या कठपुतले हैं, जो न्याय का अपमान करते और उसकी हंसी उड़ाते हैं? क्या इन सबने इतनी मुसीबतें झेली हैं कि हताश हो चले हैं और अब ईश्वर तथा उसके आदेशों के प्रति अपनी आस्था भी खो बैठे हैं? वे मेरी हंसी इस प्रकार उड़ा रहे हैं मानो मैं उस न्याय की खोज में नहीं जा रहा हूं, जिसे ईश्वर ने हम मनुष्यों के लिए इस धरती पर भेजा है और जिसे बादशाह ने चलाया है, बल्कि किसी परी देश की खोज में निकला हूं।"

कुछ यात्री उतरे, दूसरी गाड़ी में सवार हुए। ये ऐसी भाषा बोल रहे थे जो यर्ने की समझ में नहीं आई। रात हो चली थी। यर्ने ने खिड़की के बाहर दृष्टि दौड़ाई। चन्द्रमा की किरणें एक अपरिचित

प्रदेश पर अठखेलियां कर रही थी। सहसा उसे जान पड़ा कि उसके पैरों के नीचे डिब्बे की फर्श फट गई, वह उसमें बेसहारा धंसा जा रहा है। वह एक अजीब भय से भयभीत हो उठा। उसने अपने पास बैठे हुए यात्री से, जो शहर का रहनेवाला था और झपकियां ले रहा था, पूछा, "शहर, शाहीनगर अभी और कितनी दूर है?"

यात्री ने उनींदी आंखें खोलीं, यर्ने की ओर देखा, और सर हिला कर कोने की ओर और खिसक गया।

"वह मेरी बात नहीं समझता," यर्ने ने सोचा, "और अगर वह मेरे शब्दों को समझता भी हो तो भी मेरी भावना को नहीं समझ सकता। वह न्याय को भी नहीं समझ सकता, क्योंकि इस दुनिया में ऐसे भी लोग हैं, जिनके क़ानून-क़ायदे भिन्न हैं, जो किसी और ईश्वर को मानते हैं... हे ईश्वर! मुझ पर, एक गरीब पर दर-दर की ठोकरें खानेवाले व्यक्ति पर जो तेरे न्याय का भूखा है, रहम कर!"

इस एकाकीपन से यर्ने भयभीत था। उसने दोनों हथेलियां घुटनों पर रख कर प्रार्थना शुरू कर दी, अपनी आशा को और बलवती बनाने के लिए।

सारी रात इसी प्रकार कटी। वह इतना थका हुआ था कि हाथ-पैर हिलाने में भी असमर्थ था, दृष्टि भी धुंधली हो गई थी और गाड़ी के पहियों की खटपट भी नहीं सुनाई पड़ रही थी। उसे यह सब एक भयावने स्वप्न जैसा लग रहा था।

सोलह

नगर के ओर छोर का कहीं पता न था। घोर कोलाहल से आकाश गूंज रहा था, अजीब बोलियां और भाषाएं सुनाई पड़ रही थीं। यह भयावनी नगरी ही वियना शहर था... कोई कहां शरण ले? कहां छिपे?...

यर्ने चौड़ी सड़कों पर भटकता रहा। सड़क के दोनों किनारों पर ऊंचे-ऊंचे महल खड़े थे, अगणित गाड़ियां एक दिशा से आतीं और सरसराती हुई दूसरी दिशा की ओर निकल जातीं। म्लान मुख, अपरिचित लोगों की, बाढ़ उमड़ती हुई सड़क के पार्श्व-पथ में चल रही थी, मानो दो अनादि-अनन्त जलूस मिलते और बढ़ते हुए दो दिशाओं में जा रहे हों... वह कैसे और किससे रास्ता पूछे? टोप हाथ में लिए हुए यर्ने उसी भीड़ से टकराता–धक्के खाता चल रहा था।

उसे लगा मानो वह इस भीड़ में खो गया है और इन लोगों के बीच आकर शर्मिन्दा हो। उसे ऐसा लगा मानो प्रार्थना के समय वह गिरजे की वेदी के सामने नंगे पैर और अस्त-व्यस्त चला आया हो।

कहां ठहरे, कहां आराम करे? उसको ऐसा लगा मानो उसने तेज शराब पी ली है और अब सारा हृदय तिरता-सा, क्षण-प्रतिक्षण बदलता-सा नज़र आ रहा है। लोगों का कद् भी अस्वाभाविक रूप से लम्बा जान पड़ा, वे किसी स्वांग में भाग लेने के लिए उसी के अनुकूल कपड़े पहने, लम्बे डग बढ़ाते छाया की भांति तेजी से गुजरते जा रहे थे। यर्ने शराब के नशे में चूर व्यक्ति की भांति चला जा रहा था। उसके पैर जवाब दे चले थे। वह लड़खड़ाया। थोड़ा चलता और फिर रुक जाता। हर कदम पर उसे ऐसा लगता कि मुंह के बल अब गिरा, अब गिरा।

अनन्त पथ! अपार भीड़! थकान और ऊब से परेशान यर्ने मन-ही-मन प्रार्थना के कुछ पद गुनगुना उठा, दीनता से उसका हृदय भर गया। उसने महसूस किया कि ईश्वर बहुत दूर है और संभवतया इस नगरी में की जाने वाली प्रार्थना उस तक नहीं पहुंचती। काफ़ी देर तक चलते रहने के बाद उसे लगा मानो अब पैर नहीं उठते। एक दीवार का सहारा लेकर वह खड़ा हो गया, सर और घुटने झुक गए। पास से गुजरने वाले व्यक्ति उसे आश्चर्य से देखते। एक व्यक्ति ने, जिसका कद छोटा था और जिसने सुनहरे फ्रेम का चश्मा लगा रखा था, उसके पास आकर अपरिचित भाषा में कुछ पूछा। पर यह देखकर कि यर्ने ने उसकी बात का कोई उत्तर नहीं दिया वह अपनी राह चला गया। सहसा अजीब ढंग के कपड़े पहने हुए लम्बे कद का एक आदमी उसके सामने आ खड़ा हुआ। उस व्यक्ति ने यर्ने की बांह पकड़ ली और उसे ले चला।

"कहो, तुम मुझे कहां ले चल रहे हो?" यर्ने ने उसके साथ चलते हुए लड़खड़ाती जबान से पूछा, "मुझे फ़ौरन बादशाह के महल

में ले चलो। जल्दी करो, मैं बहुत थक गया हूं।"

पुलिस वाले ने कोई उत्तर नहीं दिया। उसने केवल कन्धे हिला दिए, लोग पीछे-पीछे चल पड़े। वे यर्ने और उसकी गठरी को बड़े आश्चर्य से देख रहे थे।

यर्ने और पुलिस वाला दोनों एक बड़े भवन में घुसे। वहां बूढ़े आदमी से कई सवाल किए गए पर वह एक को भी न समझ सका ...और जब यर्ने ने अपनी बात कहनी शुरू की तो, न तो किसी ने उसकी बात समझी और न किसी ने कोई जवाब ही दिया।

"तब हम क्यों झगड़े? हम एक दूसरे को क्या कहें? हम न तो एक दूसरे को जानते हैं, न एक दूसरे की बात समझते हैं। पहले कभी मिले नहीं और न इसके बाद ही कभी मिलेंगे। भगवान तुम सबका भला करे, और मुझे मेरा न्याय मिले... लम्बी यात्रा के बाद मुझे क्षण भर यहां आराम कर लेने दो। मैं बूढ़ा हूं और ज़्यादा चल नहीं सकता। ज़रा देर आराम कर लेने के बाद मैं चल दूंगा। मुझे यकीन है कि जिस लक्ष्य को पाने के लिए मैंने इतने कष्ट सहे, उसके मिलने से पहले ईश्वर मुझे शरीर में शेष पौरुष से वंचित नहीं करेगा।"

वह एक बेंच पर बैठ गया और अपनी गठरी तथा जूते फर्श पर रख दिए। अफसरों ने उसे देखा और उनके चेहरों पर अवहेलना की हंसी खिल उठी। इसके बाद वे सब यर्ने के अस्तित्व को भूल कर अपने-अपने काम में लग गए। लेकिन थोड़ी देर आराम करने के बाद जब वह नींद से भारी आंखें मूंदने ही वाला था कि उन्होंने उसे उठा दिया। उसकी गठरी, जूते और लाठी उठा ली, कोट की जेबें टटोलीं, जेब में पड़े रुपये-पैसे और एक चाकू निकाल लिया और उसे बाहर लाकर एक अजीब-सी गाड़ी में बैठा दिया। गाड़ी चारों ओर से बन्द थी। वह चलती-फिरती जेब जैसी जान पड़ती थी।

"यह क्या कर रहे हो? कहां लिए जा रहे हो?" जो व्यक्ति उसे लिए जा रहा था, उससे यर्ने ने प्रश्न किया। पर उस कर्मचारी

ने कोई जवाब न दिया, यर्ने की ओर देखा तक नहीं।

यर्ने डरा हुआ था और उसने मन-ही-मन प्रार्थना की।

"हे भगवान्, रक्षा करो! बूढ़ा हूं, बहुत बूढ़ा, पैर सूज गए हैं, तलवों में छाले पड़ गए हैं और अब ज़्यादा चलने से लाचार हूं। दुःख की भी सीमा है। तूने मेरे भाग्य में इतनी मुसीबत नहीं लिखी। जितनी मैं बरदाश्त न कर सकूं। तू गलती नहीं कर सकता। मुझे यह भी पसन्द न होगा कि तेरी इच्छा पूरी होने से पहले ही मैं मर जाऊं। ऐसा कर कि मैं जल्दी ही तेरा हुक्म सुन सकूं और फिर सदा के लिए शान्ति से रह सकूं। हे ईश्वर! मेरे हाथ कांपते हैं, कानों से सुनाई नहीं पड़ता, और दुःख देखते-देखते अन्धा हो चला हूं। अपने सेवक को सांत्वना दे, जिससे मैं जल्दी ही ख़ुशी-ख़ुशी तेरे दरबार में हाज़िर हो सकूं। दया कर, हे भगवान्, और अन्धकार में भटकने वालों तथा तेरे नियमों का गलत अर्थ लगाने वालों को सत्य का प्रकाश दिखा।"

एक भवन के सामने पहुंच कर गाड़ी रुकी। यर्ने को एक कमरे में ले जाया गया। एक दुबला-पतला लम्बा आदमी आया। उसकी दाढ़ी, काली और नुकीली थी, आंखों पर चश्मा चढ़ा हुआ था। देखने से तो यह व्यक्ति वकील जान पड़ता था और यर्ने की भाषा जानता था।

"क्या बात है?" आते ही वह चीख़ उठा, "कहां के रहनेवाले हो, वियना में तुम्हारा क्या काम? सारी बातें संक्षेप में सिलसिलेवार कहो। लम्बी कहानी सुनाने की ज़रूरत नहीं।"

एक व्यक्ति को अपनी जैसी जबान बोलते सुनकर यर्ने को ढाढ़स बंधा। उसे खुशी हुई।

"महाशय, अच्छे मिले," वह बोला, "हालांकि आपने बड़े रूखेपन से बात की है फिर भी आपको धन्यवाद! और ठीक भी है एक ऐसे आदमी से, जिससे कभी भेंट नहीं हुई, और जो कोई बदमाश या बेकार किस्म का आदमी हो सकता है, उससे हाथ कौन

मिलाएगा?... मेरा नाम यर्ने है। मैं बेताइनोवा का रहनेवाला हूं। मैं यहां न्याय की तलाश में आया हूं। न्याय की खोज में मैं उस स्थान पर आया हूं जहां भूखों और प्यासों के साथ न्याय किया जाता हो।"

वकील क्रोध से भर कर बड़े आश्चर्य से यर्ने की बात सुनता रहा। यर्ने ने शुरू से आखिर तक अपनी कथा कह सुनाई।

"देखिए! उन्होंने मुझे धोखा दिया। जिस न्याय की मुझे दरकार है, जिसके लिए मैं तड़प रहा हूं, उसको ही उन्होंने छिपा रखा है। लेकिन, मैं जानता हूं कि जज लोग न्याय को हमेशा छिपा कर रख नहीं सकते। न्याय को छिपाने की कोशिश करना तो इतनी ही बड़ी बेवकूफी है जितनी कि सूरज को बुझाने की कोशिश करना। और इसीलिए मैंने उनकी बात नहीं मानी। मैंने ईश्वर की आवाज़ सुनी और बादशाह से भेंट करने के इरादे से लम्बी और कष्टपूर्ण यात्रा पर निकल पड़ा। बादशाह ही सारे न्याय का स्रोत है। मुझे उसके पास ले चलो।

दुभाषिए ने यर्ने की ओर देखा, अजीब हंसी हंस कर जाने को उद्यत हुआ।

"भगवान के लिए जरा ठहरिए" भयभीत यर्ने बोल उठा, "आपने अभी मेरी पूरी बात नहीं सुनी, मेरी प्रार्थना अभी आपने नहीं सुनी। नरक जैसे इस नगर में मेरी मदद कौन करेगा? आप मेरे मसीहा हैं तो मेरी सहायता कीजिए, अगर आपके हृदय में ईश्वर के प्रति प्रेम है तो मुझे न्याय के दरबार तक पहुंचा दीजिए।"

यर्ने का गला भर आया।

"ठीक है, हम तुम्हें न्याय के दरबार तक ले चलेंगे। तुम्हारा दिमाग भी दुरुस्त हो जाएगा।" वकील यह कहता हुआ चला गया।

वकील के जाते ही कुछ कर्मचारी यर्ने को बाहर ले जाने के लिए कमरे में दाखिल हुए। कुंजियां खनकीं, दरवाज़ा खुला और यर्ने को एक ऐसी कोठरी में झोंक दिया गया जैसी जीवन में उसने पहले कभी नहीं देखी थी। यर्ने ने सहमी हुई दृष्टि से चारों ओर देखा। भूरी

और नंगी दीवारें, सुनसान कोठरी, गन्दे कम्बलों से लदे चौड़े और छोटे तख्त, और कुछ नहीं। एक मेज़ भी नहीं। दरवाज़ा बन्द हो चुका था। तीन आदमी और थे—गन्दे, घृणास्पद चेहरे, कठोर, शैतान जैसी आंखें। ऐसी अजीब सूरतें यर्ने ने कभी नहीं देखी थीं।

"क्या?" उसने सोचा, "क्या? ये लोग ईश्वर को नहीं जानते? क्या इनको कभी न्याय की ख्वाहिश नहीं हुई? इनकी बाह्य आकृति मात्र गन्दी है या इनका अन्तर भी फरेब, पाप, क्रूरता और कुकर्म में डूबा पड़ा है?"

भय की गहन कल्पना ने जैसे उसके सारे शरीर को अपने चंगुल में दबोच लिया था और उसने महसूस किया कि उसके हृदय में भयंकर टीस जलती हुई बढ़ती जा रही थी।

"हे भगवान! न्याय देने के बदले लोगों ने मुझे इन उचक्कों, हत्यारों और लुटेरों के बीच क्यों डाल दिया?"

एक आदमी अपनी जगह से उठा, आगन्तुक की ओर अन्यमनस्क भाव से देखकर वह कुछ बोला। लेकिन यर्ने कुछ समझ न सका।

यर्ने इधर-उधर दृष्टि दौड़ाए बिना ही कोठरी के सबसे किनारे वाले बेंच पर जा पहुंचा। उसके मन में घोर निराशा के सिवाय अब आशा का लेश भी बाकी न था। वह इतना दुःखी था कि प्रार्थना भी न कर सका। बेंच पर पड़ रहा, दोनों हाथों से मुंह छिपाकर खूब रोया...

यर्ने उन लुटेरों और हत्यारों के बीच पड़ा-पड़ा तीन दिन तक घुटता रहा।

सत्रह

चौथे दिन सूर्योदय के साथ ही फाटक खोल दिया गया। यर्नें को उसकी गठरी-बूट, लाठी, चाकू और रुपए पैसे लौटा दिए गए और बिना कुछ कहे-सुने उसे कोठरी से बाहर निकाल दिया गया।

"अब कहां ले चले, भले मानसो?" उसने बड़ी दीनता से पूछा, पर उन्होंने न तो उसकी ओर देखा और न कोई जवाब ही दिया। उन्होंने उसे एक गाड़ी पर बैठा दिया और लंकापुरी जैसे भयावने वियना शहर के गुल-गपाड़े और टेढ़ी-मेढ़ी चौड़ी सड़कों को चीरते हुए ले चले।

"भले मानसो, मुझे कहां घसीटे लिए जा रहे हो? ईश्वर के लिए इतना तो बता दो," यर्नें ने प्रार्थना की। वे लोग उसे चोरों और आवारागर्दों की मंडली के साथ रेल के डिब्बे में ठूंस रहे थे। यर्नें की

ओर न तो किसी ने देखा और न किसी ने कोई उत्तर दिया। यह तमाम कार्यवाही, जिसकी देख-रेख में हो रही थी और इन तमाम लोगों की निगरानी के लिए जो व्यक्ति तैनात किया गया था वह एक कोने में खड़ा यर्ने को बड़ी कठोर दृष्टि से देख रहा था। इंजन ने सीटी दी और जब रेल के पहिए चले तो कैदी हंस पड़े। यर्ने ने शरमाते हुए चारों ओर दृष्टि दौड़ाई। सहसा उसकी दृष्टि एक ऐसे व्यक्ति पर पड़ी जिसकी आंखें दुःख में डूबी और आंसुओं से गीली थीं।।

उसके साथ भी अन्याय हुआ है, इन लोगों ने उसे भी अनुचित ढंग से दबाया है, यर्ने ने सोचा। उसके युवा मुख से शोक ही झलक रहा है। उसका दिल काला नहीं। "कहां जा रहे हो दोस्त?" यर्ने ने प्रश्न किया। युवक ने उसकी ओर देखा पर कोई उत्तर नहीं दिया। हां, उसकी आंखों में जो शोक उमड़ रहा था वह यर्ने के नेत्रों में समा गया, दोनों एक दूसरे को समझ गए।

इस प्रकार वे एक जगह से दूसरी जगह और एक गाड़ी से दूसरी गाड़ी पर ले जाए गए। सूरज डूबा, रात आई, कुछ लोग रेल से उतरे और कुछ नए व्यक्ति सवार हुए।

"अब कहां?" भयभीत यर्ने ने पूछा, पर किसी ने जवाब न दिया।

आख़िरकार जब वह रेल से उतरा तो चारों ओर बड़े आश्चर्य से नज़र दौड़ाई। कई साल पहले उसने इस इलाके को देखा था। अतीत की धुंधली स्मृति उसके मस्तिष्क से स्वप्नवत् घूम गई। वह कांप उठा और उसने पास ही खड़े एक व्यक्ति से, जो देखने में बड़ा कठोर जान पड़ता था, प्रश्न किया।

"भाई, क्या तुम मसीही हो? यदि हां, तो बोलो, बताओ यह कौन-सी जगह है?"

"यह तुम्हारी जन्मभूमि है, दो घंटे में हम रेशिये पहुंच जाएंगे। रास्ता लम्बा और बियावान है। अगर तुम्हारी जेब में पैसे हों तो किराए

की गाड़ी ले लो।"

"पर रेशिए किसलिए?" यर्ने बोल उठा, "मेरा घर वहां तो नहीं है। मेरा न तो वहां कोई भाई है और न बहन! रेशिए में मेरा क्या काम?... रेशिए कौन भेज रहा है?"

पुलिस अफसर ने आहिस्ते से कन्धे हिलाए, पाइप में तम्बाकू भरी और उसे सुलगाया।

"तंग मत करो, आओ चलें। मैं तुम्हें रेशिए पहुंचा दूं, उसके आगे, तुम्हारा मालिक भगवान है, फिर तुमसे मेरा कोई वास्ता नहीं।"

यर्ने कुछ न बोला। हालांकि वह दुःखी और अस्वस्थ था फिर भी लम्बे डग बढ़ाते हुए चलने लगा। चारों ओर वह दृश्य बड़ा सुहाना था, खेतों में हरियाली थी और चरागाहों में बड़ी-बड़ी घास खड़ी थी। पर यर्ने को जैसे इस सबसे कोई वास्ता ही न था, वह आंखें नीची किए हुए चला जा रहा था। पलकें बन्द थीं। टेढ़ा-मेढ़ा मार्ग पहाड़ी के ढाल से होकर जाता था। दूर घाटी में आबाद एक गांव के सफ़ेद घर झलक रहे थे। यर्ने और उसको लाने वाला व्यक्ति दोनों मेयर के घर पहुंचे। यर्ने को देखते ही मेयर चौंक पड़ा।

"हमने तुम्हें पहले कभी नहीं देखा," वह बोला, "बस्ती का कोई भी आदमी तुम्हें नहीं जानता। इस बुढ़ापे में तुम हम सब पर बोझ बनने क्यों आए?"

"मैं भीख नहीं मांगता और न तुम पर बोझ बन कर रहूंगा," यर्ने ने जवाब दिया, "मुझे एक बोझ पुआल दे दो, जिस पर मैं लेट सकूं। मैं थका हूं।"

वह खलिहान में जाकर सूखी घास पर लेट रहा। बड़ी देर तक उसे नींद न आई... वह मन-ही-मन ईश्वर से बातें करता रहा। लेकिन, अब वह ईश्वर से भी उस ढंग से बात नहीं कर रहा था, जैसे कि एक नौकर अपने मालिक से करता है, वरन् इस दबदबे से बात कर रहा था जैसे कोई महाजन अपने कर्जदार से करता है।

"अपना वायदा अब पूरा कर। तूने इंसानों के लिए न्याय बनाया, पर इंसान ने ही उसे छिपा दिया। मैं कांस्टेबिल, जज और यहां तक कि बादशाह से भी न्याय न पा सका। कांस्टेबिलों ने मुझे हत्यारों के साथ कैद किया, जजों ने मेरा उपहास किया, और मुझे धोखा देकर बादशाह से मिलने से रोका गया। तू न्यायी है। तूने ही न्याय को इस लोक में भेजा है, तूने ही उसकी पुष्टि की है... अब तू ही उसकी रक्षा कर, तेरे हुक्मों का पालन हो... अब मेरी दृष्टि सिर्फ़ तुझ पर टिकी है। मैं तेरा सेवक हूं। इस दुनिया में मेरा कोई दोस्त नहीं, दिन दहाड़े मेरे अधिकार मुझसे छीन लिए गए हैं। तेरे नियम मेरे हृदय में बसे हैं और मैंने तेरे वचनों को सुना है; अपने शब्द... हे ईश्वर, मुझे फिर सुना, जिससे मैं तुझ पर भरोसा रख सकूं। हे सर्वशक्तिमान, निष्कपट न्यायाधीश, अपना हाथ बढ़ा।"

इस प्रकार काफ़ी रात तक यर्ने ईश्वर से विनती करता रहा। पौ फटते ही वह उठा और मेयर से पूछे बिना ही रेशिए से चल पड़ा। दिन भर में तीन जगह विश्राम करके गोधूलि से पहले ही वह बेताइनोवा पहुंच गया।

"कौन? यर्ने हो क्या?" गांव वालों ने देखते ही पूछा। "वह फटे हाल है, बड़ा भयावना जान पड़ता है, कमर काफ़ी झुक गई है, बहुत बूढ़ा हो गया है, बाल भी पक गए हैं।" वह बोले।

यर्ने को गुजरता हुआ देख कर गांव वाले बड़े आश्चर्य से आपस में कह रहे थे, "अरे क्या वह यर्ने है?"

यर्ने ने किसी को भी आंख उठाकर नहीं देखा, न किसी से दुआ-बन्दगी की और न किसी को कुछ जवाब ही दिया। जिस दिशा में उसका सफ़ेद घर था, वह वहां भी नहीं गया। वह सीधा पादरी के निवास-स्थान पर पहुंचा।

गांव के गिरजे का पादरी बड़ा भला आदमी था। उसका चेहरा लाल और शरीर मोटा था। वह सदा हंस-मुख दिखाई देता था।

"अरे कौन, यर्ने?' उसने पूछा, "कहां भटकते रहे। काफ़ी बूढ़े और कमजोर नज़र आते हो?"

यर्ने दलहीज पर खड़ा था। उसने कमर सीधी की और उसकी आंखें चमक उठीं।

"मैं बैठूंगा नहीं, आराम भी नहीं करूंगा, देर हो रही है, और मैं काफी थका हुआ हूं। सारी दुनिया मथ डाली। कांस्टेबिलों से जजों तक, और जजों से बादशाह तक पहुंचा। पर मैं कहता हूं, इस दुनिया

में न्याय नहीं। उसे तो मानो जमीन में सैकड़ों हाथ नीचे दफना कर ऊपर से पहाड़ रख दिया गया है। मुझे इस धरती पर अब न्याय की खोज नहीं करनी। कांस्टेबिलों और जजों ने ईश्वर को तलाक दे दी है और उसके आदेशों को भुला दिया है। मैं तो अब एक ईश्वर से ही न्याय चाहता हूं। वही सबसे बड़ा जज है। ईश्वर की बातें जिस पोथी में लिखी हैं उसे खोलो, तुम उसके प्रतिनिधि हो, उसके शब्द मुझे समझाओ और उसी ईश्वरी न्याय के आधार पर फ़ैसला करो।"

पादरी यर्ने के करीब आ गया। उसे इस बूढ़े पर दया आ गई। यर्ने के हाथ-पर-हाथ रखते हुए बोला :

"यर्ने ऐसा मत कहो। लोगों ने तुम्हारे साथ बुरा व्यवहार किया। उन्होंने तुम्हारे साथ मसीहियों जैसा व्यवहार नहीं किया। उन्हें क्षमा करो। ईशु ने तो उनको भी क्षमा किया था, जिन्होंने उसे सूली पर चढ़ाया था।"

यर्ने ने पादरी के हाथ-से-हाथ छुड़ा लिया, उसकी ओर देखा। यर्ने की आंखें ज्वर के कारण सुर्ख थीं। वह बड़े कटु शब्दों में बोल उठा। ऐसे कटु वचन कहते हुए यर्ने को कभी किसी ने नहीं सुना था। "मैं दया या क्षमा की बातें नहीं कर रहा, बल्कि न्याय की बात कह रहा हूं... ईश्वर के शब्दों और आदेशों के आधार पर फ़ैसला करो। तुम उसके प्रतिनिधि हो। ईश्वर तुम्हारे ही मुंह से तुम्हारी ही जबान से बोलेगा। मुझे बताओ ईश्वर किसके पक्ष में है? मेरे पक्ष में या पुलिस वालों और जजों के पक्ष में? मैं थका हूं, अपने घर जाकर अपने बिस्तर पर आराम करना चाहता हूं।"

"यर्ने तुम्हारे इरादे नेक नहीं।" पादरी बोला।

"मैंने जो पूछा उसका उत्तर दो।"

"अन्याय भी बरदाश्त करो, ईश्वर अन्त में सब ठीक कर देगा।"

"तो क्या तुम यह कह रहे हो कि उसके न्याय का कहीं कोई छोर नहीं?... उसका न्याय कहां है? उसके न्याय के मुताबिक मेरा

घर मेरा है या नहीं? बोलो, तुम ईश्वर के दूत हो। ईश्वर के नाम पर बोलो।"

यर्ने की कड़ी दृष्टि पादरी पर गड़ी थी, उसका चेहरा पत्थर की भांति कठोर था, हृदय में दुःख और विश्वास में संघर्ष मचा था।

"ईश्वर न्यायी है या नहीं?"

"यर्ने, तुम ईश्वर की निन्दा कर रहे हो," डरा हुआ पादरी एक कदम पीछे हट कर बोला, "अगर तुम ईश्वर के दरबार में हो तो अकड़ कर मत बोलो बल्कि घुटने टेको, विनती करो और गिड़गिड़ाओ।"

"मैं न तो विनती करूंगा और न गिड़गिड़ाऊंगा। मेरा अधिकार ईश्वर का अधिकार है। उसने जो कुछ बनाया है उसे अब नष्ट नहीं कर सकता। ईश्वर मेरा कर्जदार है। मैं अब घुटने नहीं टेकता, खड़ा हूं और हुक्म देता हूं।"

यर्ने का चेहरा सुर्ख हो गया, भौंहें तन गईं और ओठ कांप उठे।

"जिसके लिए मैंने इतनी देर प्रतीक्षा की वही बात कहो। क्या न्याय नाम की कोई चीज़ है? क्या ईश्वर है?"

इतना सुनते ही पादरी कांप उठा। उसके कांपते हुए हाथ उठ गए, वह दीवाल के सहारे जा खड़ा हुआ।

"ईश्वर निन्दक, चल भाग यहां से।"

यर्ने धीरे से मुड़ा और बाहर चला गया। वह लम्बे डग बढ़ाता हुआ जा रहा था, उसकी कमर अब झुकी न थी, वह अस्वस्थ भी नहीं था। उसके हृदय में अब न तो कोई आशा शेष थी और न अब वहां दुःख का ही लेश था।

अठारह

रात गहरी हो चली थी, ग्रामीण और खेतों में काम करने वाले घरों को लौट रहे थे... शीतार की छत पर सहसा लाल ज्वाला उठी। जिह्वाकार लपट आकाश की ओर दौड़ चली, अस्तबल से एक और लपट उठती दृष्टिगोचर हुई, खलिहान में भी, और फिर दोनों चौबारों में भी लपटें उठती देखी गईं। ज्वाला आकाश की ओर लपकती हुई नज़र आ रही थी, जान पड़ता था कि वह धरती में निकलकर आकाश को छू लेना चाहती थी। जलती हुई बल्लियां अलात्चक्र की भांति हवा में उड़ती हुई हरे-भरे खेतों में गिर रही थीं। जान पड़ता था कि किसी बलशाली के हाथ उन्हें उखाड़ कर फेंक रहे हों...

यर्ने ने सारे घर में आग लगा दी थी।

गांव वाले डरे हुए से देख रहे थे। इस प्रचंड ज्वाला को कौन बुझा सकता था? हवा ने आग के बादलों से सारी घाटी को ढक दिया था। हवा के वेग से आग पक्षी की भांति ज्वाल युक्त पंख फैलाए नक्षत्र-विहीन आकाश में उड़ रही थी। लोग भयभीत, निष्प्रभ, नंगे और खामोश खड़े थे। भीरु मन से ईश्वर से दुआ मांग रहे थे। सहसा यर्ने, जिसका लम्बा कद, हाथ और बाल झुलसे हुए थे, उनके बीच आ खड़ा हुआ। वह जी खोलकर हंस रहा था।

"मैं अपना हुक्का लेने गया, दोस्तो हुक्का, जिसे जाते समय मैं यहीं भूल गया था। मैं नहीं चाहता कि वह भी जल जाए... शानदार दृश्य है न? मेरा घर अच्छी तरह से जल रहा है न? यह आग भली लगती है न? जिनके पास हुक्का और चिलम हो सुलगा लें, आग की कोई कमी नहीं।"

उसने हुक्का मुंह में लगा लिया और दोनों हाथ कमर पर रख कर इस अग्निकांड को देखने लगा।

ज़ोर का हल्ला मचा।

यर्ने ने घर में आग लगा दी है।

और यर्नें की आंखों के आगे धरती जैसे घूम रही थी। वह लड़खड़ाकर गिर पड़ा। "मारो! मारो!" लोग चिल्लाए।

उन्होंने उसे जलते हुए लट्ठों से पीटा, नालदार जूतों से उसे ठोकरें लगाईं। उसे उन्होंने पैरों तले रौंदा। रौंद रहे थे वे उसे और गा रहे थे।

"आग में फेंक दो!" कोई चिल्लाया।

"आग में झोंक दो!" सब चिल्ला उठे। उन्होंने झुलसे हुए और खून से लथपथ यर्नें को पकड़ लिया, कुछ दूर घसीटा, और फिर उठा कर जोर से लपटों में फेंक दिया।

लपटों से चिनगारियां उठीं, ऊंची, काफी ऊंची। यर्नें के हत्यारे जब लपटों से बाहर निकले तब उनके हाथ और चेहरे झुलसे हुए थे...

और इस तरह बेताइनोबा की इस घटना का अन्त हुआ।

भगवान् यर्नें का, उसके जजों का और यहां तक कि सारे पापियों का भला करे।

•••